ブックのいた街

関口 尚

JN198015

祥伝社文庫

目次

商店街の八百屋の角を曲がれば広い道。進んでいけば右に自転車屋。ここで暮らしている柴犬の小次郎は弱いくせにいつも偉そうにしている。じっと目を合わせればすごすご引き下がるくせに。

道の反対側は金物屋だ。おばあさんが毎日店先に椅子を出して座っていて、ひなたぼっこをしながらうとうとしている。このおばあさんはおやつをくれるから好きだ。

「あらあら、ブックじゃないの」

おばあさんが椅子から立ち上がって近づいてくる。前かけのポケットからビスケットとパンの耳が出てきた。ときどきはソーセージだって出てくる魔法のポケットだ。

商店街を散歩していると声をかけてくれる人がたくさんいる。声をかけてもらえたら近寄ってよし。かけてこない人には近寄っちゃ駄目。そうとても厳しく教えられた。大好きなあの子がボクに教えてくれた。

「いいかい、ブック。君は大きな体をしているから、自分からずんずん近づいちゃ駄目だよ。みんなびっくりしちゃうからね」

十字路の真ん中に立って前後左右を見渡す。ここは商店街の中心。小さな商店街だからここに立てば街の様子がすぐにわかる。鼻を利《き》かせて耳をすませば、目の届かないところでなにが起きているかだってだいたいわかる。

さて、今日はどこで眠ろうかな。十字路の真ん中におすわりして、ぼんやり考える。昨日は焼き鳥屋の店先。その前の日はゴールデン・レトリーバーのニキの家の庭。

あくびをして上を見たら、空は太陽が沈んだあとの群青《ぐんじょう》色に染まっていた。星がぱらぱらと姿を現し始める。商店街は店頭の明かりできらきらと輝く。買い物をする人たちは足早になり、家々からは夕ごはんのいいにおいが漂《ただよ》ってくる。

「ブック、またセルフ散歩かい」

牛乳屋のおじさんが頭を撫《な》でて通り過ぎていった。あのおじさんからは牛乳のいいにおいがする。それからまた何人かが「ブック、またね」と手を振ったり、「ブック、おやすみ」と微笑《ほほえ》んだりしながら帰っていく。

「今夜はどうするんだい、ブック」

後ろから声がかかって振り返ったら、商店街の会長さんだった。

「うちに来るか」

迷って首をかしげたら、会長さんが笑って手招きする。

「ほら、おいで」

小走りで会長さんに駆け寄った。会長さんは玄関に入れてくれるから好きだ。もちろん、ごはんつき。大好きなあの子の家にも近いから好きだ。尻尾《しっぽ》をぶんぶんと振って会長さんの周りを跳《と》び回る。大好きだ、大好き。

「あはは、落ち着きな、ブック」

この街でたくさんの人にやさしくしてもらって暮らしている。楽しいと大好きがたくさんある街だ。耳の中では大好きなあの子の大好きな言葉がいまでも響いている。毎朝、目が覚めるとあの子は言ってくれた。

「おはよう、大好きだよ」

眠る前にはやさしく撫でながら言ってくれた。

「大好きだよ、おやすみ」

あのやさしい言葉たちに包まれていままで暮らしてきた。きっとこれからも生きていく。

「おはよう、大好きだよ」

「大好きだよ、おやすみ」

ボクの中にあの子がいるみたいだ。

「おはよう、大好きだよ」

「大好きだよ、おやすみ」

たくさん言ってくれた言葉が体にいっぱい詰まっていて、溢《あふ》れそうになるから商店街のみんなにも分けてあげる。尻尾を振りながら言うのだ。

「おはよう、大好きだよ」

「大好きだよ、おやすみ」

心臓が止まる日まで言い続ける。

第一章　青い犬

帰りたいのに帰れなかった街へ、十年ぶりに帰る。引っ越しの荷物をまとめてみたら、思いのほか少なくてびっくりした。

やってきた引っ越し屋のスタッフは、ふたりとも男性でたぶん二十代。ひとりは社員でもうひとりはアルバイトのようだ。部屋に久しぶりに男性が入ってきたわたしのどぎまぎなど気づきもせず、ふたりはあっという間に荷物をトラックに積みこんだ。事前に打ち合わせしてあったこともあり、積みこみ作業は驚くほど速かった。わたしはまだ気持ちの整理がついていない。あの街へ帰っていいのかどうか。どんな顔をして母に会えばいいのか。

空っぽになった部屋のフローリングにぺたんと腰を落とす。お尻《しり》にひんやりとした冷たさが伝わってくる。

「東京タワーが見えるところに住みたいな」

橘《たちばな》さんがそう言うもんだから探しまくった結果、南麻布《みなみあざぶ》のこの賃貸マンションにたどり着いた。１ＤＫで十五万円。このあたりにしては破格だ。１ＤＫは狭いけれど橘さんとふたりで暮らすなら狭いほうがいい。寄り添えるから。そんな甘やかなことをあのときは考えていた。

「お引っ越し先の住所、ラブリ商店街のところですよね」

トラックに乗りこむとハンドルを握る社員の男が訊《き》いてきた。久々に耳にするラブリ商店街の名にびくりとしてしまう。

「そうです」

「おれ、小平《こだいら》の出身であそこらの土地勘《とちかん》があるんです。ラブリ商店街って最近やばい感じになってますよね」

なってますよね、と言われても十年も足が遠のいている。

「そうなの？」

訊き返したら、運転手とのあいだに座っていたアルバイトが大仰《おおぎょう》に言う。

「知らないんすか。おれ、先週近くまで行ったんすけどマジやばいっすよ。着いたらびびりますよ」

こっちのアルバイトは苦手だ。妙に馴《な》れ馴れしい。それに引っ越し作業中にわたしのことを「きれいなおばさん」とこそこそ話していた。三十五歳はやはりおばさんなのか。お姉さんと主張する気などさらさらないけれど。

「まあ、ちょっと心の準備をしておいたほうがいいですよ、ということで」

社員の男は気の毒そうに言ってトラックを発進させた。

ラブリ商店街は東京街道団地の北側にひっそりとある。帰りたくても帰れなかったわたしの生まれ育った街。都心から三十キロしか離れていないのに、わたしは十年間もこのラブリ商店街に寄りつかなかった。

商店街と言ってもアーケード街ではない。個人商店と住居が四十戸ほど集まった地区にラブリ商店街と名前がついている。車がやっと一台通れるくらいの細いメインストリートがあり、その入口に「ラブリ商店街」と書かれたアーチ看板が掲《かか》げられている。看板には虹の絵が描かれていて、幼いころはその下をくぐるのが好きだった。誇《ほこ》らしい心持ちになれたのだ。

商店街にはパン屋、美容室、精肉店、金物屋、薬局、文具店、焼き鳥屋、電気屋となんでもあった。ただ、悲しいことに客足は遠のきつつあった。隣のまたさらに隣の街に大きなショッピングモールができたせいだ。

インターネットでラブリ商店街について検索してみたことがある。「次々閉店」とか「シャッター通り」とかの文字が見えて、慌《あわ》てて表示させていたページを消した。それももう数年前のこと。

わたしがあの街を出てもう十年。いまはいったいどうなってしまっているのか。引っ越し屋が言う「やばい」を想像すると胸が痛む。そして、還暦《かんれき》を迎えた母がそのやばい街にいまもたったひとりで暮らしている。父のことをわたしに知らせもしないで。あまりの申し訳なさに助手席でうなだれた。

「どうなされました。車酔いですか」

社員の男がハンドルを握りながら横目で気にかけてくれる。

「大丈夫です。引っ越しの疲れかな」

「どうぞ到着するまで眠っていてください」

わたしは作り笑いで頷《うなず》き、窓から過ぎゆく景色に目をやった。

ごめんね、お母さん。ごめんね、お父さん。わたしが選択を間違えなければ、穏《おだ》やかな日々を送らせてあげられたかもしれないのに。

ドアに肩を預けて目を閉じる。父の顔を思い出してみる。けれど、最後に見てから十年が経ってしまったせいか、大嫌いだったせいか、うまく心の内に描けない。輪郭《りんかく》は曖昧《あいまい》だし、色はセピア調だ。

不摂生《ふせっせい》な生活をしていたくせに太ってはいなかったな。床屋代をけちって行かないものだから、髪はいつも長めでおかしな寝ぐせがついていた。着る物や靴には無頓着《むとんちゃく》で母が買い与えたポロシャツを色が褪《あ》せても着続けた。たまに母が新しい服や靴を買ってくると、色がいやだとか形がいやだとかいっちょまえに文句だけはつける。変化を異様にいやがる人で、新しいものはまずけなさずにはいられないのだ。母がまな板を新しくしても、わたしが模様替えのためにカーテンを新調しても、まずは必ずけなした。

「なんか変じゃないか。前のほうがよかっただろ」

わたしも母もいつもうんざりさせられたものだ。

変化を好まないゆえに、好きでも楽しくもないと言っていた古紙リサイクルの会社に勤め続けた。古紙リサイクルと言えば聞こえはいいが、もとは家族経営の小さな古紙問屋だ。そこへ父は高校卒業後に転がりこみ、四十年ちょっと働いていた。

きちんとした会社組織ではないので、給料の額もよくなかった。待遇もアルバイトとさほど変わらない。体力が必要な仕事のようで求人広告には体育大学卒や元自衛官を大歓迎と書いてあった。柄のよくない社員も多く、小心者の父はいつも肩身の狭い思いをしていたようだ。

仕事はつらい。かと言ってほかにやりたい仕事もない。友人もいなければ趣味もない。父は毎日ともかく耐えて仕事をし、帰ってきては出会った人やその日あった出来事の文句を言った。自分が高校しか出ていないことを棚に上げ、若い社員の出身大学をばかにした。新入りの仕事のミスをいつまでも物笑いの種とした。社員が家を購入すれば、あそこの住宅メーカーで買うなんてばかだと言い放った。

父は根性が曲がっているのだ。人としていやらしい。そんな人間と同じ屋根の下で暮らし、毎日その口から発せられる言葉を聞かされていると、頭がおかしくなりそうになった。それが家の外の人には伝わらないことももどかしかった。父の外面《そとづら》がよかったためだ。

　ラブリ商店街で出会う人に対し、父はいつも笑顔で気さくに挨拶《あいさつ》をしていた。それゆえ父の評判は、常ににこにこしている人とか、人当たりのいい人といったものだった。しかし、わたしはいやになるほど目《ま》の当たりにしていた。家の中では言いたい放題だった父を。

「金物屋のばあさんはいつも店先に座っていて辛気《しんき》臭くてかなわないよ」

「最近、鳥信《とりしん》の焼き鳥は肉の質が落ちてもう駄目だな」

「ラブリ商店街はすっかり落ち目だな。あと三年でがらがらだよ」

　理想の男性像が自分の父親だという女性にいままで何度か出会ったことがある。けれど、わたしには到底考えられない。できるだけ父と違う男性を求めていた気がする。そして、本当に父を嫌いだったので思い出と呼べるものもほとんどない。父の姿を思い出そうとしても不明瞭《ふめいりょう》なものになってしまうのだ。

　ただ、ブックといっしょにいる父の姿だけは不思議とよく覚えている。ブックというのはラブリ商店街をうろうろしていた野良犬《のらいぬ》のことだ。

　野良犬と言っても、ブックは茶色の洋犬で立派な体軀《たいく》をしていた。長い毛が風になびくと優美にさえ見える子だった。わたしの家はずっと猫を飼っていて誰も犬に詳しくない。ときどきブックの世話をしていた鳥信の頑固親父《がんこおやじ》である若松《わかまつ》さんによれば、ブックは鳥を捕る猟犬とのこと。たしか十年前の時点で二歳。若々しいオスだった。

父はそのブックとよく遊んでやっていた。ボール投げをしたり、ロープの引っ張りっこをしたり。パンをちぎってあげたりもしていた。我が家ではわたしも母も父の話に耳を貸さない。なにごとにもけちをつけてばかりの父の話など気分が悪くなるので相手にしなくなっていたのだ。

父はそうした扱いを受けていたせいで、ブックに向かって語りかけるようになったのだと思う。まるで友達のいない子供のように。頭に白いものが混じり始めた五十歳のおじさんと、商店街に住み着いたブックの組み合わせは、目を引いた。もちろん、悪い意味で。当時二十代半ばだったわたしには猛烈《もうれつ》に恥ずかしく思えることだった。

「おい、西陽《にしび》。おまえちょうどいいところに来た」

縁側《えんがわ》で洗濯物を干していたら裏庭から来た父に呼ばれた。父は裏庭にブックを入れて遊ぶことが多かった。

「西陽もこっちに来てブックを見てみろよ」

「え、別にいいよ」

「いいから、ほら。面白いからさ」

珍《めずら》しく父はご機嫌だった。渋々《しぶしぶ》サンダルを履《は》いて裏庭に出る。わたしが出ていくとブックはふさふさの尻尾を激しく振った。

わたしはブックに抵抗があった。なにしろ大きい。若松さんによればブックの体重は三十二キロとのこと。小学校の低学年の子供なんかよりはるかに重い。うろうろするブックを初めて見かけたときはこわくて近寄れなかった。

元より、わたしは猫が好きだ。あの美しくて繊細《せんさい》な生き物に比べたら、ブックのように大きくて獣《けもの》のにおいがぷんと漂う犬は好きになれなかった。遅かれ早かれラブリ商店街で問題を起こし、保健所に連れていかれるんじゃないか。そんなふうに考えていた。

「面白いってなにが面白いの」

「ブックにな、メロンパンって言ってみろ」

「は？」

「メロンパンだよ」

「なにそれ」

「いいから」

なんで父のおふざけにつき合わなきゃならないのか。腹立たしく思いながらも、ブックに向かって言った。

「メロンパン」

するとブックがおすわりをした。

「な？」

父はご満悦《まんえつ》だ。

「どういうこと」

「メロンパンって命令するとおすわりするように教えたんだよ。じゃあ、今度はクリームパンって言ってみな」

嫌いな父が楽しげで、いらいらしてくる。早く切り上げたくてブックに命令した。

「クリームパン」

ブックがお手をしてきた。ブックはブックで楽しそうだ。舌《した》を出して、はあはあ言っている。口角《こうかく》が上がって犬特有の笑ったような顔になる。

「ブック、クロワッサン！」

続いて父が言うとブックは伏《ふ》せをする。

「よしよし、いいぞ。じゃあ、コロネ」

ブックは立ち上がり、その場でぐるりと右回りに回った。命令はすべてパンの名前だった。

我が家は父と母の共働きで、しかも薄給な父のせいで母は病院の調理員とスナックの厨房《ちゆうぼう》のアルバイトをかけ持ちして早朝から夜中までくたくたになるまで働いていた。よって母に朝食を作る余裕などなく、朝はパンばかりだった。わたしは食パンを焼いて食べていたけれど、父は朝から甘ったるいクリームパンやチョココロネなどの菓子パンを好んで食べた。そんな生活からパンの名前での命令なんて思いついたのかもしれない。

「すごいだろう」

父が自慢げに言う。ブックもどこか誇らしげだ。

「はいはい、すごいですよ」

わたしはさっさと家に入った。なにを子供みたいなことをしてはしゃいでいるのか。冷たい視線で父を遠ざけた。

そうしたやり取りをした十年前、わたしは自動車販売店の事務員として働いていた。本当は美大に進学して、絵やデザインに関わる勉強がしたかった。しかし、父は芸術や文学を疎《うと》んじていて、そうした進学を許してくれなかったのだ。美大へ進むなら学費は一円たりとも出さない、なんて言われた。

わたしは泣く泣く近場の短大に進み、保育士の資格を取った。その後、最後の抵抗としてデザイン関連の専門学校に通ったけれど、そちら方面の就職活動がうまくいかず、保育士になるのもなんだか癪《しゃく》で、家の近所で事務員として働いていたのだった。

鬱憤《うっぷん》のたまる日々だった。進学を許してくれなかった父は野良犬なんかとのん気に遊んでいる。憎《にく》たらしくてしかたなかったからこそ、ブックと遊んでいるときの父をよく覚えているのかもしれない。記憶は印象的なエピソードや強い感情とともに色濃く残るらしいから。

父がかわいがっていたせいもあって、わたしはブックを長いこと好きになれないでいた。でも、次第にブックの頭のよさに気づき、彼に興味を持つようになっていった。本当に賢い犬だったのだ。たとえば、ブックはけんかの仲裁ができた。それも余裕たっぷりな態度で仲裁した。

ラブリ商店街には犬を飼っている家が何軒かあった。そのうち柴犬の小次郎と雑種のドンキーは仲が悪くて有名だった。顔を合わせればすぐに吠《ほ》え、目を剝《む》き、犬歯をあらわにして威嚇《いかく》し合った。

商店街の住人はご年配の方が多い。小次郎の飼い主もドンキーの飼い主も七十歳を超えたおばあちゃんだった。だから、二匹が出会い、ともに悪魔が乗り移ったかと思うような豹変《ひょうへん》ぶりで吠えて近づくと、引き綱を持ったおばあちゃんたちはずるずると為《な》す術《すべ》もなく引きずられていってしまう。

わたしもおばあちゃんふたりが引きずられていく現場に出くわしたことがある。

「こら、やめなさい、小次郎」

「ドンキー、駄目よ」

おばあちゃんたちが叱責《しっせき》するけれど小次郎もドンキーも止まらない。二匹は雷鳴《らいめい》のような恐ろしい声で吠え、犬というよりもはや獣といった印象だ。通行人はこわがって誰も近づけない。わたしは足がすくんで声が出なかった。

もう駄目だ。流血沙汰《ざた》になる。恐怖と混乱で泣き出しそうになったそのとき、ふらりとブックが現れた。ブックは吠え合う小次郎とドンキーに早歩きで近づいていくと、空に向かって高らかに吠えた。

「うぉん！」

鼓膜《こまく》がびりびりと震えるような見事なひと吠えだった。それだけで小次郎とドンキーが吠えるのをやめた。ブックが二匹のあいだに割って立つ。

ブックはスレンダーな体型をしている。でも、筋肉質であって、小次郎やドンキーよりひと回り大きい。体重なら三倍近くあるだろう。風貌《ふうぼう》も犬というより馬のようだ。しかも美しい赤毛のサラブレッド。ブックの赤毛がそう見せるのだ。

落ち着き払った様子で立つブックを前にして、小次郎とドンキーは尻尾を丸め、尻込みした。犬の世界は人間が思う以上に格づけがしっかりしているようで、二匹は逆《さか》らうことなくすごすごと離れていった。

「ありがとうね、ブックちゃん」

「ブックちゃん、本当に賢《かしこ》い」

おばあちゃんたちは口々にブックを褒《ほ》めながら帰っていった。つながれてもいない大型犬が商店街をぶらついているのだ。普通なら警察なり保健所なりに通報されてしまう。けれど、ブックはその賢さと美しさゆえにみんなから受け入れられていた。

また、こんなこともあった。小次郎の家はサイクルショップ鬼塚《おにづか》を営んでいて、たまに五十代の息子さんが散歩させていた。わたしが中学生のころ、よくパンク修理をしてくれた鬼塚のおじさんだ。

その鬼塚のおじさんが小次郎を叱《しか》り飛ばしているところへ通りかかった。叱られた原因はやはりドンキーらしい。ドンキーに向かってけんかをしかけようとしたのだ。

しかし、散歩させていたのはいつものおばあちゃんではない。鬼塚のおじさんは引きずられることもなく、逆に小次郎を引きずり寄せ、一喝《いっかつ》した。

「こら、小次郎！　ばか犬が！」

おじさんが叩《たた》こうとして平手を振り上げた。小次郎が身をすくめて目を細める。見ていたわたしまで身をすくめて叩かれる覚悟をした。

ところが小次郎が叩かれることはなかった。おじさんと小次郎のあいだに、するりとブックが割って入ったからだ。

ブックは素知《そし》らぬ顔で立っていた。おじさんを睨《にら》むことも吠えることもしない。ただただ立っている。しかし、そうするだけで小次郎をかばえるという計算と自信があるようで、実際におじさんも気がそがれて叩けなかったのだ。

あのブックの計算ずくの行動と余裕綽々《よゆうしゃくしゃく》の態度。あまりに頭がいいので、着ぐるみみたいに中に人が入っているんじゃないかなんてことまで考えた。またあるときには、ブックが商店街の道案内をできるという噂《うわさ》を聞いた。パン屋と告げればパン屋まで、焼き鳥屋までと告げれば焼き鳥屋まで、連れていってくれるのだという。天才犬という評判まで耳にした。野良犬とはいえきれいな子だし、問題もいっさい起こさない。ブックは商店街の人たちに愛され始め、マスコット的存在になりつつあるようだった。

いったい誰がブックをあんな賢い子に育てたのか。しばしば母とその話題になった。ブックは鳥信の店先でよく見かけた。だから、わたしはてっきり若松さんが飼い主とばかり思っていた。若松さんからドッグフードをもらっていたし、いちばん懐《なつ》いているようにも見えたからだ。でも、焼き鳥を買いに行ったとき、若松さんからきっぱりと否定された。

「いやいや違うよ。こいつが勝手にやってくるだけなんだよ。たぶん、肉が目当てなんだろうな。以前に味つけなしで焼いた肉をあげちまったんだよ。そしたらべったりさ。まったく現金なやつだよ」

若松さんは口調は憎々《にくにく》しげだったけれど、満面の笑みを浮かべていた。人気者になりつつあるブックに懐かれてまんざらでもないのだろう。

いつしかブックが商店街をうろついているのは日常の光景となっていった。暖かい季節なら商店街の各店の店先や住宅の軒先《のきさき》で眠り、寒くなればどこかしらの家の玄関に入れてもらっていた。決まった寝床のない犬で、商店街全体を自分の家と認識しているようでもあった。

散歩はまったくの自由だ。好きなときに好きな場所へ行く。出かけていくブックを見て、商店街の人たちは微笑ましげに言ったものだ。

「ほら、ブックがセルフ散歩に行くよ」

ラブリ商店街の南にはかつて大きな団地群があった。けれど、住棟の老朽《ろうきゆう》化や近隣の商業施設の衰退《すいたい》によって住人が減り、住棟のほとんどが取り壊されてしまった。みんな新しくできた大きなショッピングモールのそばへ引っ越してしまったのだ。

団地が取り壊され、広大な空き地が残った。杭《くい》と鉄線で囲まれた広い空き地だ。野球とサッカーのグラウンドを並べて作ったとしても余るくらいに広くて、葦《あし》と雑草が生《お》い茂《しげ》っているために子供の遊び場にもなっていなかった。その空き地をブックは好んで散歩していた。日向《ひなた》ぼっこもしていた。彼がお気に入りのあの場所は、ブックの国とも言うべきところだった。


引っ越し屋のトラックがなかなか進まない。渋滞に巻きこまれてしまった。先ほどかすかにサイレンの音が聞こえたので事故でもあったのかもしれない。

「つかぬことをお伺《うかが》いしますけど、絵を描かれていたんですか」

ハンドルを握る社員の男が尋ねてきた。

「え」

「本当はプライベートに立ち入った質問は駄目なんですけど、運んだ段ボールに画材と書かれたものがあったんで。おれ、いまはこんな力仕事してますけど高校のとき美術部だったんですよ」

社員の男とわたしのあいだに座るアルバイトが驚きの声を上げる。

「マジっすか！」

「マジだよ、マジ。アブラやってたの」

「アブラ？」

「油絵のことですよね」

代わりに答えてやった。社員の男は楽しげにゆったりと頷いてから訊いてきた。

「沢井《さわい》さんはなにを描かれているんですか」

「わたしは日本画なんです」

「へえ、珍しい。趣味ですか、お仕事ですか」

「最初は仕事だったんですけど、だんだん描かなくなっちゃって」

歯切れ悪く答えたら、社員の男が今度はやさしく頷いた。彼も事情があって絵の世界から離れた過去があるのかもしれない。

わたしはいまでこそこうしてほぼ初対面の人とも会話ができているけれど、幼いころは極度の人見知りだった。人前で話すことなんて絶対に無理。自分の考えや意見をうまく述べられないので、人のあいだに入っていくのも苦手だった。当然、友達もできない。自分の世界に閉じこもりがちで、ひとりで遊んでいるときがなにより楽しかった。

大きくなるに従って周りから、「変わってる子だ」とか「不思議ちゃんだ」なんて言われるようになった。考えていることや感じていることを、うまく言葉で伝えられない子供だったからだろう。

小学校二年生のときのことだ。昼休みに担任の先生にわたしは意を決して質問してみた。友達とうまくやれないわたしをいつも気にかけてくれていたおばさんの先生だった。

「ねえ、先生。わたしの名前を英語で言うと、なんて言うんですか」

「西陽ちゃんの名前を英語で？　外国の人は名字と名前をひっくり返して言うから、ニシビ・サワイかな」

わたしは猛烈にかぶりを振った。

「違う、違う！　それじゃ名前を逆にしただけでしょ！　英語でなんて言うか知りたいの！」

「いや、でも、英語でって言われてもね」

先生は困惑して見つめてきた。意図が伝わらないし、先生は困っているしで、わたしは悔《くや》し涙が出てきた。

「絶対にあるはずだよ、沢井西陽の英語！」

気づいたらわたしは大声で泣き出していた。

幼かったわたしはこう考えていたのだ。犬はドッグ。猫はキャット。だったら沢井西陽にも英語の呼び方がある、と。

大人になったいまになってみれば、ずれた子供だったとわかるし、微笑ましいと言えば微笑ましい。けれど、一事が万事そんなふうにちょっとずつずれた子供だったので、わたしにとってこの世の中は疑問だらけだった。

自分の疑問や考えを口にすれば、大人は眉《まゆ》をひそめたり、目を丸くしたりした。クラスメイトからは、はっきりと線を引かれた。あんたはみんなと違うよ。違うから向こうへ行ってて。黙ってて。こっち見ないで。わたしはいつも世界の端《はし》っこにいる気がしていた。端っこからこぼれ落ちそうだった。

そんなわたしでも絵を描いているときだけは、世界とつながっていると感じられた。幼いころは鉛筆《えんぴつ》やクレヨンで。中学生のときは水彩で。高校に入ってからはアクリル絵の具や油彩で。そして、高校三年生のときに日本画に出会った。

日本画で使用するのは岩絵の具や水干《すいひ》絵の具だ。岩絵の具は色とりどりの鉱石を粉砕して作られたもの。水干絵の具は土を乾かして着色したものや、風化した牡蠣《かき》を砕《くだ》いて作った胡粉《ごふん》など。わたしは岩絵の具のテカリのないマットな印象をとても気に入った。ぜひとも美大へ進んで日本画を専攻したいと思った。それは叶《かな》わない夢となってしまったのだけれども。

自動車販売の事務員として働き出したのが二十二歳のとき。それから、カルチャースクールへ通い、再び日本画の世界へ足を踏み入れた。基本はそこできちんと習い直した。あとは独学だ。

技法は日本画でモチーフは自由。わたしはそんな描き方をするようになった。評価がよかったのは青の岩絵の具だけを使って描いたものだ。青の濃淡《のうたん》だけで花を描き、金魚を描き、女性を描いた。

いちばん評判を呼んだのは猫を描いたものだった。かつて我が家で飼っていた猫たちを青で描いた。なるべく緻密《ちみつ》に青で描く。伝統的な日本画からは外れてしまっていたけれど、それら青い猫をグループ展に出したら同世代の現代アートの作家たちから褒められた。わたし以外にも日本画の技法でポップアートにチャレンジしている人や、日本画の独創的な表現を探している人たちがいて、いっしょに活動しないかと誘われたのだ。

声をかけてきてくれたのは美大を卒業した人たちばかりだった。彼らはアートで食べていきたいと真剣に考えていた。ギャラリー所属のアーティストになろうと売りこみもしていた。美大卒のアーティスト志望なんて、わたしにとって遠い世界の人たちだと思っていたのに、同じ世界の人間として扱ってくれてうれしくてしかたなかった。いつしかわたしも感化されてコンペに応募したり、ギャラリーにポートフォリオを持っていったりと、まねごとをするようになった。世界の端っこにいたわたしが、気づけば世界の真ん中にいるような高揚感に満ちた生活を送れるようになったのだ。

しかしながら、現実は厳しい。コンペは軒並《のきな》み落選した。持ちこんだポートフォリオは酷評《こくひょう》に次ぐ酷評。それら酷評の言葉は声の調子も含めていまでもはっきりと思い出せる。

「もっと君の根源的な部分をえぐり出してこないと面白くならないよ。浅いんだよ」

「モチーフはいいと思うけど技術がないね。上滑《うわすべ》りしてるんだ」

「青いっていうだけじゃ君の世界観とかテーマが溢れ出してこないんだよ。全然伝わってこないね」

つまるところわたしは技術が未熟。わたしの作品は鑑賞者になんの感興も呼び起こさない。表現で生きていく人間にとって致命的なことばかり。

「絵を描いていくのはあきらめたほうがいいんじゃないかな」

はっきりそう言う人もいた。嫌味でもなんでもなく、やさしさからそう忠告してくれているとことがわかってなおさらつらかった。

誰もが知っている有名なギャラリストを、「現代美術の祭典」とまで言われるアートフェスティバルとコンペの複合イベントで見かけたことがある。そのギャラリストがわたしのブースに近づいてきたときは、めまいを起こしそうなほど緊張した。でも、わたしの絵に目をやったのは一瞬だけ。ギャラリストはわたしの隣のブースに長々と滞在し、そこで展示していた女の子はスカウト審査員賞をもらっていた。あれは心底がっかりしたできごとだった。もう絵なんてやめてやろうかとたくさん泣いた。

しんどいときに支えてくれたのは意外にもブックだった。苦しい心持ちを誰にも話せず、塞《ふさ》いだ気分をどうにも晴らせず、商店街から南の空き地方面へぶらぶらと歩いていたときだった。

わたしをじっと見つめているふたつの瞳《ひとみ》があった。ブックだ。そのまま通り過ぎようとすると、ブックはぱたぱたと尻尾を振った。窺《うかが》うようにこちらを見ている。

「おいで、ブック」

呼んだら猛スピードで駆《か》けてきた。瞬間移動したかと思うくらいの速さで。

「ブックはいまなにやってたの」

しゃがんで尋ねてみる。ブックは首をかしげた。

「お散歩?」

尋ねたら、尻尾の振りがぶんぶんと大きくなった。うれしげに目を細める。「散歩」の言葉を知っているようだ。ということはかっては飼い犬だったのかもしれない。

絵を描いている人間の性分《しようぶん》で、じっくりと観察してしまう。若松さんが濡《ぬ》れたタオルで体を拭《ふ》いてあげているのをときおり見かけるが、そのせいかブックの毛はつやつやできれいだった。体は細身だけれど筋肉がみっしりと詰まっている。瞳は茶色。鼻は黒。垂《た》れた耳は長く、ウェーブをかけたかのようなゆるふわの長い毛に覆《おお》われている。

いい男だな。ふと思った。横顔が美しいのだ。描いてみたくなった。犬の二歳は人間の年齢に換算してみれば二十代前半だという。ちょうどわたしと同じくらい。

顎《あご》の下をそっと撫でてやる。それから慌てて周囲を見渡した。父はいつもブックをかわいがっている。同じことをしているところを人にも見られたくなかった。親子そろってブックを好きだね、なんて言われたら卒倒してしまう。

「おいで」

手招きをして空き地へ移動する。空き地は杭と鉄線で囲われている。鉄線のあいだをくぐって中に入った。

ゴムボールが落ちていたので拾うと、ブックが二度三度とうれしそうにジャンプする。

「そうか、そうか。ブックはボール投げが大好きなんだもんね」

手の中でボールをもてあそぶと、ブックはじれったそうにその場をぐるぐる回り、「きゅんきゅん」と甘えた声を出す。

「早くボールを投げてくれよ！　投げてくれよ！」

そう言っているのがすぐにわかった。

「ほら！」

力いっぱいボールを投げる。けれども、わたしは小さいころから運動が苦手だった。絵ばかり描いてきた。中学生のときに入部した卓球部も、体力作りの腹筋の時点でギブアップ。すぐにやめてしまった。力いっぱい投げたはずのボールは三メートルほど先に落ちてバウンドする。それをブックはジャンプしてキャッチすると、これまたものすごいスピードで駆けて戻ってきた。わたしの足元にぽとりと落とす。

「もう一回投げて」

ブックが期待に満ちた目でわたしを見上げる。しかたなしにまた投げた。ブックはあっという間に回収してくる。それを何度も繰り返した。

どれだけ遠くに投げようともブックはすぐに回収してきた。間違えて叩きつけてしまって変則的なバウンドになっても、器用にバウンドに合わせて跳び、上手にキャッチした。わたしはただ投げているだけ。ブックは全力疾走《しっそう》。それなのにわたしのほうが先に音を上げた。

「ごめんね、ブック。もう疲れちゃって投げられないよ」

そう告げるとブックはじっと見つめてきた。言葉がわかったのか、それともわたしの疲れた様子から汲《く》み取ったのか、もうボールを投げてとせがまなかった。寄り添ってきて甘える。

「おまえ、頭いいね」

後頭部を撫でてやる。いつのまにか心が軽くなっていた。絵から離れる時間をブックに作ってもらったように思えた。

父に知られずにブックとこっそりと遊ぶこと。それがいつしかわたしの息抜きになっていった。商店街の南に広がるブックの国で、王様であるブックと何度もボール投げをした。幸せな時間だった。

ブックはわたしが商店街を去ったあとどう過ごしたのだろう。大型犬の寿命は短いと聞く。とある犬種など遺伝子で十一歳が限界と決まっているとか。

もしブックが生きていたら十二歳。しかし、外飼いで飼い主もいないブックが、すっかり傾《かたむ》いた商店街で生きている可能性は低い。

なんとも言えない寂《さび》しさに包まれて、わたしは目をつぶった。


目を覚ますとトラックは小平市に入っていた。いつのまにか眠ってしまっていたらしい。あと十分ほどで実家に到着するはずだ。

たいした距離を引っ越すわけじゃない。同じ都内だ。けれど、これで橘さんがいまも暮らす都心から離れることになるんだな、とぼんやり考えた。

思い返してみれば、橘さんが初めて訪ねてきてくれた日もわたしはブックといっしょだった。出会ったのはその一週間前。わたしが参加していたグループ展の最終日に、閉場時間ぎりぎりに飛びこんできたのが橘さんだった。

「作品をもう少し見てみたいな。いいかな」

橘さんは名刺を渡してくれた。わたしの知らないギャラリーの名前が書いてあった。日《に》本橋《ほんばし》にあるギャラリーだという。

家に帰ってからインターネットでそのギャラリーの名を調べてみた。ホームページはあったがまだ新しいギャラリーのようでコンテンツが載っていない。得体が知れない。グループ展に参加していたほかのメンバーも知らないギャラリーだと言っていた。

でも、わたしは橘さんをラブリ商店街にある我が家に招く約束をしてしまった。コンペでもギャラリーへの持ちこみでも連戦連敗。いっしょにグループ展を開催する仲間が少しずつ世間に評価され始め、取り残されつつあったわたしは焦《あせ》っていた。自信をなくしかけていたそんなときに橘さんに声をかけられて、藁《わら》にもすがる思いだったのだ。

それからもうひとつ。声をかけてくれた橘さんは紳士服の広告から抜け出してきたかと思うような正統派の美男子だった。グループ展に来たときのスーツ姿も本当にすてきだった。正直に言えば、仲間に対しての優越感もあった。あんな素敵な人に声をかけてもらえたんだぞ、といういまにしてみれば安っぽい優越感だ。

橘さんがラブリ商店街にある我が家にやってきたあの日、緊張して落ち着かなかったわたしはブックといっしょに外で待った。ブックを撫でて気を紛《まぎ》らせていたのだ。

八百屋の前で出迎えたわたしとブックを見て、やってきた橘さんはぎょっとした。

「その犬、紐《ひも》でつないでいないけど大丈夫？」

「大丈夫ですよ」

「沢井さんはそんな大きな犬を飼ってたんだ？」

「いえ、商店街の犬なんです」

「商店街の犬？」

「特定の飼い主がいなくて商店街のみんなで世話をしているんです」

「野良犬ってことじゃないか。嚙《か》まないの」

橘さんはあとずさりした。正しい反応なんだけれど少しだけ傷ついた。ブックを野良犬扱いしたからだ。自分だってかつてはただの野良犬と思っていたくせに。

「嚙みませんよ」

「ぼく、犬が苦手なんだよね。小さいころ追いかけられたことがあって」

「ブックは大丈夫です。頭もいいですから」

「頭がいいって言われても犬は犬だからなあ」

小ばかにしたような物言いにわたしは意地になって言った。

「ブックは犬って感じがしないんです。人間に叱られている犬をかばったりもできるんですよ。商店街の道案内だってできます。もし焼き鳥屋に連れていってほしかったら、焼き鳥屋って言えば案内してくれるんです。パン屋だって薬局だって美容室だって」

「ふうん」

橘さんはわたしが全部言い終わらないうちにそう言って、わたしを見た。じろじろと見る無遠慮な視線。なんだか値踏みをされているようだった。

もやもやしたものが心に残っていたけれど、家に案内した。わたしは仕事の休みが平日で、橘さんが訪れる日も平日を指定した。幸い、父も母も仕事で出払っていた。両親にはないしょで橘さんを家に招いたのだ。

わたしの家の二階は二部屋あり、そのうちひとつをアトリエとして使っていた。アトリエと言えば聞こえはいいけれど、実際は作業場といった感じだ。

橘さんはアトリエに入ると、フローリングの床に広げてあった描きかけの絵を見下ろした。三十号の大きな絵。青の岩絵の具をふんだんに使った猫の絵だ。

「へえ」

橘さんは感心したように頷いた。でも、わたしの絵にさほど関心があるふうではない。アトリエ内をきょろきょろ見渡すばかりで絵についての質問もしてこない。先ほどの値踏みをするかのような視線といい、いやな予感がした。

「わたし、群青の十三番が好きなんですよね」

描きかけの絵を見下ろしながら橘さんに語りかける。探りを入れるための言葉だ。彼は首をかしげた。

「群青の十三番？」

「岩絵の具って鉱物を粉砕したものなので、粒子が粗《あら》いものから細かいものまで差があるんです。粒子の大きさによって一番から十三番まで番号がついていて、一番がもっとも粒子が大きいんです。で、二、三、四、五って番号が大きくなるにつれて粒子は細かくなっていく。粒子が細かくなっていけばいくほど、色は淡《あわ》くなって白に近づいていくんです。いちばん微粒子のものは番号じゃなくて白という名称で呼ばれてて、白のひとつ前の淡い青が、さっきわたしが言った群青の十三番なんです」

夜が明ける一瞬前の空の青。それが群青の十三番だ。高校の美術室でこの色が入ったガラス瓶を見たとき、自分はずっと日本画をやっていきたいと痛切に思ったのだ。

「群青の十三番か」

橘さんは感嘆《かんたん》してみせた。けれど、わざとらしかった。わたしは見抜いてしまった。橘さんはギャラリーから来た人間のくせに絵に疎い。絵に携わっていて群青の十三番を知らないはずがない。

がっかりしながらも、わたしは説明してやった。絵になど興味のない橘さんのために。

「日本画って描くのが大変なんですよ。段取りが細かいんです」

スケッチブックにおおまかな下絵であるエスキースを描く。次に小さいフレームで全体を見渡せるように小下図を描く。それを大きな紙に原寸大で描く大下図へ。でき上がったら和紙などに転写し、転写した図案を筆につけた墨で骨描きしていく。骨描きの骨とは輪郭線のことで、これが終わってやっと絵の具による色彩を扱う本画となる。

骨描きは転写であるけれど、ただ線をなぞるだけでは絵が死んでしまう。新たに描くくらいの気持ちで筆を使わないといけない。となるとエスキース、小下図、大下図、転写と同じ絵を四度も描くようなものだ。でも、この面倒な過程を経ることで絵は洗練されていく。

「わたし、この面倒な段取りが好きなんですよね。骨描きが終わってやっと色を入れる段階になったとき、すごく気持ちが盛り上がるんです。色を入れるってなんだか命を吹きこむみたいで。これって慎重で綿密《めんみつ》で焦《じ》れったいくらいの段取りがあるからこそだって思うんですよ」

「なるほどねえ」

感心の声を上げて橘さんが頷く。だけど、説明を途中からちゃんと聞いていなかったのも見透《みす》かせた。わたしが説明を終えると、ほっとしたような顔にさえなった。

わたしが話し終えたタイミングを逃してはいけないと思ったのか、「それでね」と橘さんが強く切り出してきた。

「今日ぼくが西陽ちゃんに会いに来たのは、君の絵のすばらしさはもちろんなんだけど、うちの事務所にアーティストとして所属して活動してみたらどうかって提案をしに来たんだ。うちの社長も君のアーティストとしての才能を高く買ってる。だけど、君はせっかくビジュアルがいいんだから、見た目も込みで世に出ていったらどうかなって話なんだ。大《おお》雑把《ざっぱ》なことを言ってしまえば、芸能活動をしつつ、うちが新たに立ち上げたギャラリーで展示もする。そういうアーティストとして活動してみないかっていうお誘いなんだよ」

やっぱり。いやな予感は当たっていた。心の準備はしていたのに、いざ切り出されると落ちこむ。

わたしには才能も実力もない。でも、声をかけてくれる大人たちがいた。いいのか悪いのかわからないけれど、物心ついたころからきれいだと言われてきた。わたしの絵に一瞬しか目をやらなかったあの有名なギャラリストも、わたしのことは頭のてっぺんから足の爪先《つまさき》まで入念に見ていった。美大には学校に通いながらファッション雑誌のモデルをこなす子もいるという。グループ展の仲間からはそれと同じようにモデルなどで有名になって、それから絵が売れるようになればいいじゃないかと提案もされた。なんでも利用したほうがいいんだ、と。でも、絵を評価されたかったわたしは頑《かたく》なに拒み続けていたのだ。

それなのに。

わたしは橘さんの勧めに乗った。橘さんが働くスピカプロモーションという事務所とアーティストとして契約した。ひとつめの理由として早く絵が評価されたかったから。なんとか二十代のうちに評価される存在になっていたかった。

ふたつめとして橘さんに惹《ひ》かれてしまったから。彼はわたしが出会った中で最も美しい男性だった。それもそのはずでもともとはモデルだったが、裏方の仕事のほうが好きでスカウト業に回った経歴を持つ人だった。

みっつめの理由は父だ。これがいちばん理由として重い。わたしがカルチャースクールに通って日本画を再開させると、父は例のごとくけなしてきた。

「おまえは趣味に金をかけすぎだ」

アトリエに入ってくるなり、父はそう言い放った。あのとき父は少し酔っていた。今度こそ真剣に日本画に取り組もうと決心していたわたしは、かちんときて父に食ってかかった。

「趣味？　わたしがやってることが趣味だって言うの？」

「おまえの絵は金になるのか。ならないだろ？　頼まれたわけでもなければ、制作の期限もない。自分で描いて楽しんでるだけじゃないか。そういうのは趣味って言うんだよ」

はらわたが煮えくり返った。けれど、あのときのわたしは言い返せなかった。言い返せるだけの実績がなかったからだ。

また、ことあるごとに「臭い、臭い」と吐き捨てられた。原因は膠《にかわ》だ。日本画は膠を水に溶かして糊《のり》として使う。これがすぐに腐敗臭がするようになる。膠が動物の皮革や骨《こつ》髄《ずい》から作られているせいだ。父はこのにおいを嫌った。

「臭いなあ、こんな臭い絵が売れるようになるのかよ」

父に臭いと言われるたびに、また世界の端っこからこぼれ落ちそうな心持ちになった。そもそも、人前でしゃべれなかったり、気持ちを伝えたりするのが苦手だったのは、けなしてくる父の顔色を幼いころに窺っていたせいだと気づいた。なにをしてもなにを言っても鼻で笑い、褒められた覚えなど一度もない。思えば遊んでもらった記憶だってひとつもないのだ。

母が言うには、父はわたしが成人した暁《あかつき》にはいっしょに酒を酌《く》み交《か》わしたかったらしい。とんでもないと思った。愛されなかったし、わたしも愛していない。あんな人間と酒が飲めるはずがない。大嫌いだった。

八月の暑い盛りのことだ。スピカプロモーションと契約したわたしは両親を前にして、事務員をやめて本格的に絵を描く生活に入りたいと告げた。もちろん、大反対された。

「ばかなことを言うな、西陽。おまえに絵の才能なんてあるはずがないだろう」

父はまるで相手にしてくれなかった。

「あのね、西陽ちゃん。こんなときにこんな話をするのもなんだけど、あなたは器量が悪いわけじゃないでしょう。このままきちんと勤め上げて、いい旦那さんを見つけたほうが幸せになれるとお母さんは思うんだけどね」

母の言うことはもっともだ。でも、わたしは父みたいになりたくなかった。金もない、夢もない、友達もいない。生きていてなにが楽しいのだろう。そんな人生は送りたくない。うまくいけば絵で暮らしていけるかもしれないのだ。なにより美大進学をあきらめたときのあの悔しさを再び味わいたくなかった。

「あのね、わたしは美大に進学しなかったことをいまでも後悔してるんだよ。わたしは絵を趣味で終わらせたくないの。ちゃんと絵で食べていきたいの」

「おまえ！」

父がいきり立った。

「おれが美大に行かせなかったことを恨んでるってのか！」

「そうだよ！　あのとき美大に進学していたらこんな回り道だってしなくてすんだんだよ」

「おまえがうまくいっていないのは、おれのせいだって言いたいのか！」

「そうだよ。なんでもかんでもけなして、どうせやっても無駄だって言うお父さんみたいな人のもとで育ったから、しなくてもいい回り道をするはめになったんじゃないの！」

頬《ほお》を平手で叩かれた。叩いたのは父ではない。母だった。平手でわたしの頬を張った母は目に涙をためていた。

「西陽、お父さんに謝りなさい。お父さんがいいところばっかりの人じゃないのはお母さんもわかってる。でも、いま西陽がこうして大人になれているのは、お父さんがこつこつと働いてきてくれたおかげなんだからね。謝りなさい」

正論だった。正論ゆえに悔しかった。自分の体が大嫌いな父の稼いだお金でできている。その事実が叫びたくなるくらいいやだった。

「謝らないからね！　わたしは絶対に絵で成功したいの！　お父さんみたくなりたくないの！」

わたしは泣きながら自分の部屋に駆けこんだ。ベッドに倒れこみ、携帯電話で橘さんに連絡を入れた。今夜のうちに家を出たい。夜が明けるまでに迎えに来てほしい。そうじゃなかったらスピカプロモーションとの契約はやめる。あれは脅《おど》しだったな、といまとなっては恥ずかしく思う。

午前四時半にこっそり家を出た。迎えに来てくれた橘さんの真っ赤なアルファロメオが、ラブリ商店街の細い通りを滑《すべ》るように走ってきた。

ただひとり、いや、ただ一匹ブックが見送ってくれた。誰にも気づかれないように静かに立ち去ろうとしていたのに、ブックが軽やかに走って現れたのだ。

「お、西陽じゃん。遊ぶ？」

ブックの目は期待に満ち溢れていた。

「ごめんね、ブック。いまは遊んであげられないの」

わたしはしゃがみ、ブックの頭をやさしく撫でた。ブックがうっとりと目を閉じる。もう二度と遊んでやれないかも。そう思ったら涙がこぼれた。

ブックが首をかしげて見つめてくる。「大丈夫?」とその瞳が尋ねてくる。

「大丈夫だよ。ただね、わたし、ちょっと遠くまでお散歩に行ってくるからさ。ブックだって自由にセルフ散歩行くでしょ。わたしもブックみたいに自由に行ってみようと思うんだ」

しゃべりながら涙がどんどん溢れた。ブックが身を寄せてくる。ぐいぐいと体を押しつけてくる。励まそうとしているらしい。

「ありがとね、ブック」

わたしのすべてのいとしさを手のひらにこめて、もう一度ブックの頭を撫でる。抱き寄せたら、その体はとても熱かった。若いブックはエネルギー量が多いから体温も高いのかもしれない。しかもこの夏の暑さだ。ブックの体は熱した岩の塊《かたまり》みたいで、放熱しているような状態だった。

「ブック、熱すぎ!」

涙を拭いて笑いながら両手で遠ざける。じゃれ合いだと思ったのか、ブックは大きく尻尾を振った。暑さのせいで口角が上がり、犬特有の笑顔となっていた。最後にいっしょに笑えてよかった。次第に心が落ち着いてくる。息を吸って空を見上げたら、まもなく朝を迎える空の色は群青の十三番だった。

結果から言うと、スピカプロモーションに所属して順風満帆《じゅんぷうまんぱん》だったのは最初の三年だけだった。「美しすぎる日本画家」という眉唾《まゆつば》もののフレーズとともに売り出されたわたしは、テレビにも出演させられ、なぜか歌の練習までさせられ、残りの時間でやっと絵を描いた。

スピカの社長や橘さんたちスタッフによる「美しすぎる日本画家・沢井西陽」の売り出しは巧妙《こうみょう》だった。アートがわかる人にはわたしの絵を紹介しない。芸能人でも審美眼のある人には絵の評価を尋ねない。

本物か偽物かだったら、わたしは偽物。いつしかそんなふうに自虐《じぎゃく》的に考えるようになった。

絵描きでも小説家でも音楽家でも、容姿が美しくて本物である人はたくさんいる。わたしはアートの世界から見向きもされないレベルの絵を描く、周りよりちょっと容姿が優れているだけの偽物。

そんな偽物をスピカの人たちは上手にテレビ局や雑誌に売りこみ、価値を捏造《ねつぞう》し、金を生んだ。個展を開催すれば芸能人が訪れ、わたしの絵もどんどん売れ、百万円に近い値がついたこともあった。

わたしの絵がおしゃれな和風雑貨にプリントされて売られたこともあった。浴衣《ゆかた》の柄になったこともあった。大切だった青い猫の絵がデフォルメされ、キャラクター商品としてキーホルダーになったり、人形になったりした。

実力がないのにわたしが参加するプロジェクトは大きくなるばかり。有名なお寺の屏風《びょうぶ》絵を描いた。国際交流という名目でわたしの絵がフランスで展示されたこともあった。

「百年後に日本画の話をするとき、沢井西陽の名前が出ずに話題が終わることはありませんよ！」

スピカの社長は豪語していた。でも、わたしは恥ずかしくて、かつてグループ展をやっていたときの仲間に連絡を取ることさえできなくなっていた。わたしは踊らされているだけ。売れる商品は作れるけれど、芸術として評価される作品は作れていない。本物になれたと思える日まで実家には帰れない。父はきっとこうけなすだろう。

「ちょっと売れたくらいで勘違いしやがって」

わたしは本物になりたくて作品を作った。けれど、求められていたのは作品ではなくて売れる商品だった。作品と商品のはざまで足搔《あが》いているうちに、だんだん絵を描く意味がぼやけていった。表現への衝動が薄まった。描いた絵をみんなに評価してほしいという承認欲求もなくなった。作品が売れ、金を生む。そうしたサイクルで消費されることにも飽《あ》き飽きしていった。

　塞ぎこむ日が続き、気づいたら描けなくなっていた。エスキース、小下図、大下図と順を追って描いているうちに、自分が本当に描きたかったものなのかわからなくなって、筆を置いてしまうのだ。色を塗る段階までいつまで経ってもたどり着けなかった。

　橘さんはわたしのマネージャーとなっていたが、私生活もともにする仲になり、南麻布の東京タワーの見えるマンションを借りていっしょに暮らしていた。けれど、その橘さんもわたしが描けなくなると出ていった。

「もっと高く飛べる子だと思ったのに」

　そう捨てぜりふを残して。わたしはスピカプロモーションから契約を切られた。

　また描けるんじゃないか。描けるようになりたい。そう思いながら七年を同じマンションでぽつんと過ごした。貯金はどんどん減っていく。食べていくためにスーパーのレジ打ちと居酒屋のアルバイトをかけ持ちするようになった。

　実家には帰れなかった。両親にはあれだけの啖呵《たんか》を切ってしまった手前、おめおめと戻れなかった。必死で生活しているうちに、家を出て十年が経っていた。

　それが先週、地下鉄の駅で中学校時代の同級生に偶然出会った。同級生は五歳だという息子の手を引き、すっかり母親になっていた。彼女は息子をあやしながら言った。

「お父さん、残念だったね」

「え」

「この前、西陽のお母さんにばったり会ったよ。お父さん、心不全だったんでしょ」

驚いたわたしは浅い呼吸を繰り返しながら、彼女を見つめることしかできなかった。

父は三年前に他界していた。


実家に到着したのは午後二時。引っ越し屋が言っていた「やばい」の意味がわかった。

ラブリ商店街はほとんど閉店していた。下ろされたシャッターにはスプレーでアート気取りの落書きがされていた。壊れた自転車や、ごみ箱や、割れたネオン看板が放置され、鉢植えが道端に転がり、捨てられた漫画がアスファルトの上で腐食していた。誰も歩いていない。不穏すぎて歩くのも憚《はばか》られるありさまだった。

呆然《ぼうぜん》とした心地で実家の玄関のドアチャイムを押した。

「はいはい」

母が出てきた。電話では帰ると告げてあった。話もした。ただ、顔を見るのは十年ぶりで、その母の姿は小さく薄くなっていた。髪は白くなり、しわが増え、静けさをまとっている。日陰でひっそりと生きる生物のようだった。

「商店街、寂しくなっちゃったね」

なぜかそんな言葉が最初に出てきた。母はやわらかく頷き、「おかえり」と言った。

引っ越しの荷物が二階のアトリエに運びこまれる。母が居間の仏壇《ぶつだん》へと案内してくれた。父が亡くなったときの状況は電話で聞いた。父は台所で自分でラーメンを作っていて、振り返ったとたん倒れたのだそうだ。すぐに救急車を呼んだ。でも、助からなかった。

飾られた遺影を見て、ああ、こんな顔をしていたのかと不思議な感慨《かんがい》に打たれた。かつてはなるべく目が合わないように暮らしていたので、父の顔を正面からまじまじと見たことなどほとんどなかったのだ。

正座をして線香を上げ、手を合わせていると、母が後ろから語りかけてきた。

「お父さんが倒れたときにね、わたしもちょうどその場にいて、慌てて救急車を呼んだのよ。でも、指が震えちゃってね、携帯電話の番号が押せないの。あんなこと初めてだった」

わたしは目をつぶったまま背中で母の話を聞いた。

「西陽には好きになれないお父さんだっただろうけど、悪い人じゃなかったのよ。駄目なところはたくさんあったけど、いいところもあったの」

父はわたしとまったく遊んでくれない人だったが、母にもぞんざいだった。母を旅行へ連れていったことなど一度もない。誕生日プレゼントだって一度もあげていなかった。わたしにはいいところなんてひとつも見つからない。あんな男と結婚した母が不憫《ふびん》でしかたがない。

「なんでお父さんが死んだときに教えてくれなかったの」

電話では訊きにくかったことを尋ねた。

「お父さんね、ずっと言ってたの。こっちからはいっさい連絡するなって。西陽のほうから連絡が来るまで絶対になにもするなって。お父さんが死んだとしても駄目だって約束させられてたの。成功とか失敗とかじゃなくて、あいつが帰りたいと思う日が来るまで自由にやらせろって」

「ずるい」

つい口を突いて出た。

「ずるい？」

うまく説明できない。ただ、いやな父はいやな父のまま旅立ってほしかった。これじゃまるでわたしのほうが悪い人みたいじゃないか。歩み寄らなかったわたしのほうが至らない娘だったみたいじゃないか。

「お父さんはさ、『飛び出していった西陽のことを憎らしく思っていたみたいだけど、うらやましくもあったみたいよ。そういうふたつの気持ちを上手に言い表せる人じゃなかったのは、西陽もわかるでしょう」

泣くんじゃないかな。わたしはそう思った。涙の予兆を嚙み殺し、引っ越しの途中なのに家を出た。自分でもなぜ泣きそうになっているのかわからない。単純な悲しみの涙と母に思われるのもいやだった。

商店街の通りを南へ抜ける。十年経っても変わらない広い空き地がわたしを待っていた。しかし、空き地を囲っていた杭は腐って倒れ、鉄線は赤く錆《さ》びている。粗大ごみがごろごろと捨てられており、十二月の冷たい風に背の高い葦が揺れていた。

もしあのまま家にいたら、父とわかり合えただろうか。笑い合い、いっしょに酒を酌み交わす日は来ただろうか。

いや、と首を横に振る。家にいたらもっと激しくぶつかり合っただろう。険悪になっていたに違いない。だから、わたしは家を出てよかったのだ。

そう思いこもうとするのだけれど、自分をうまく納得させられない。いまでもわたしは父が嫌いだ。だからといって二度と会いたくないわけじゃなかった。また会えると疑いもしなかった。

嫌い。会いたかった。

ふたつの相反する気持ちがわたしの中にある。折り合いはつかない。下手くそだな、本当にもう。これって父といっしょじゃないか。どうしたって親子なんだ。

わたしの中の父の記憶と、父の中のわたしの記憶が、重なることはあったのかな。なにも重ならないまま二度と会えなくなってしまったのかな。悲しいすれ違いのまま永遠に別れたのだとしたら。

目をつぶった。ぽろぽろと涙がこぼれ、嗚咽《おえつ》が漏《も》れた。

突然、目の前の葦が不自然にがさがさと揺れた。わたしは「ひ」と悲鳴を上げて飛び退《の》いた。なにかがいる。近づいてくる。硬直していると、のそのそと大きな茶色の老犬が出てきた。おずおずと声をかける。

「ブック?」

反応はない。ぼんやりと立っている。

「ブックなの? ブック!」

声を大きくしてもう一度呼ぶ。ゆるゆると尻尾が振られた。ゆっくりと近づいてきて、

「正解」とばかりにべろんとわたしの手の甲《こう》を舐《な》めた。老いのせいか痩《や》せていた。目の光は弱まり、瞳はかすかに白く濁《にご》っている。口の周りは白髪《しらが》だ。

「よく生きてたね」

微笑みかけたらブックは首をかしげて、口をもしゃもしゃと動かした。

「勝手に殺すなよ」

そう言っているようだった。

ふと思い出すことがあった。わたしは記憶をたどり、試してみた。

「ねえ、ブック。メロンパン」

ブックはわたしの顔を長々と見つめたあと、しんどそうに腰を落とした。なんてゆっくりなおすわりだろう。

「クリームパン」

お手をしてくる。わたしは笑いながら、泣きながら、ブックを抱きしめた。

お父さん！

重なるものがあった。

ブックは埃《ほこり》と獣のにおいがした。それでもいまは抱きしめていたかった。抱きしめながら、ブックを描いてみようと思った。青で描くのだ。そして、いつかその隣に青い男性を描くだろう。青い父を。

久々に最後まで描き上げられる気がした。

第二章　幻

居間のすぐ隣が店舗なので、母がドライヤーを使ってお客さんの髪を乾かしている様子が手に取るようにわかる。シャンプーの香りもカラーリング剤のにおいも、レースの暖簾《のれん》をすり抜けて漂ってくる。

「え、文房具屋の山田《やまだ》さん、入院したの」

お客さんの声に聞き覚えがあった。八百屋の木村《きむら》さんだ。ぼくが学校帰りに前を通ると、必ず声をかけてくれる元気なおばちゃん。母が得意げになって答えた。

「軽い脳梗塞《のうこうそく》だって。調子悪いなって自分で病院に行ったら、即入院って言われたんだってよ」

「大丈夫なの」

「ヤマは越えたって。コーヒーもちょっとなら飲んでいい許可が出たんだってさ。あと数日で退院できそうって奥さんが言ってた」

母はなんでも知っている。このラブリ商店街のことならなんでも。母が経営する美容室スズランの客は商店街に住んでいる人がほとんどだ。みんなやってきては噂話を落としていく。後ろめたい気持ちがあるせいか、断片的にしか話していかない。でも、母は断片をつなぎ合わせ、全体像を把握《はあく》し、話の真相に近づいてみせる。

　ぼくが幼いころに起きたラブリ商店街での火事も、三軒連続で入られた空き巣事件も、町内最高齢で死んだクリーニング屋のおばあちゃんの貯金額から、工務店の屋根裏で生まれた子猫の数まで、なんでも知っている。自分の母ながらちょっとこわい。そして、残念なことに母は口が軽い。噂話を横流ししてしまう。さらに残念なことに、母はよくガセネタをつかまされて、それさえ流してしまう。

「薫風《くんぷう》君ちのお母さん、なんでもべらべらしゃべっちゃうからねえ。しかもちょっと間違ったことをさ」

　街角でばったり会ったスズランの常連客のおばちゃんに渋い顔で言われた。

「母が本当にすみません」

「あらあら、薫風君に謝ってほしくて言ったわけじゃないんだけどね」

「でも、迷惑かけたでしょうから。母にはきつく言っておきます」

「薫風君はしっかりしてるわよね。まだ中学校一年生でしょう。十三歳だよね。うちの息子なんてもう高校生なのに、外でわたしのことを母なんて呼んでるの聞いたことないわよ。そういえば薫風君は学校での成績もいいんだってね。偉いわねえ」

　スズランの常連客はいい人たちでいかにも大人という感じだ。それに比べて母は幼い。ぼくが思うに「お母さん」という言葉には親しみがたっぷり含まれている。苦手だからぼくはわざと呼んでいるのだ、母と。

ドライヤーが終わっても八百屋の木村さんとの噂話はだらだらと続いた。ぼくの家は狭くて部屋数も少ないので、食事は店舗部分と隣接した居間でとる。テレビをつければ音が向こうにもれてしまうので、静かに黙々と食べる。必然的に母たちの会話は耳に入ってきてしまう。

お客さんとの会話の中には聞いていてうんざりするものもある。そのいちばんはお客さんによるご近所さんの悪口だ。店には母とアシスタントのマルちゃんしかいないせいか、辛辣《しんらつ》なことを言って帰っていく。どうしておばちゃん連中って悪口や陰口が大好きなんだろう。

やりきれなくなる話を耳にすることもある。心が重くなるような不幸話もある。それらを悲しんで話していくのではなくて、ワイドショー的なノリと興味で語っていく。人の不幸は蜜《みつ》の味。つまらない毎日を過ごしているから、不幸という名の刺激が欲しいんだ、きっと。

ぼくのうんざりはお客さんが帰ってからも続く。母とマルちゃんは帰ったばかりのお客さんの悪口を言う。これがきつい。特に旦那《だんな》さんの仕事や収入を自慢げに話していったお客さんはぼろかすに言う。

ともかく、お店での会話はなるべく耳に入れたくない。食事どきはなおさらだ。ごはんがおいしくなくなる。かきこむように口に入れ、さっさと二階の自分の部屋に行くにかぎる。今日も急いで二階へ行こうとしたそのときだった。聞こえてきた木村さんの話にぼくは浮かしかけていた腰を下ろした。

「うちの裏の榊《さかき》さんとこの息子夫婦って立川《たちかわ》市に住んでるんだけど、お嫁さんが連れてきた犬がすごく利口でねえ。わたし、びっくりしちゃったわよ。よく警察犬に使われているあの犬、なんて言ったっけ。大きくて、顔がしゅっとしてて」

すかさずマルちゃんが答えた。

「シェパードじゃないですか」

「そうそう、シェパード。首輪も紐もつけないでお嫁さんとうちの八百屋に来て、買い物してるあいだも店先でおすわりしてじっと待ってんの。ほんとお利口さんでびっくりしちゃった。あんな細くてかわいらしいお嫁さんと、大きな犬って組み合わせもなんだか不思議でねえ。ときどき立川からあの犬を車に乗せて遊びに来るんだって」

榊さんというのか。ジャーマン・シェパードのケイティを連れた、あのきれいな人は。

息をひそめて、榊さんについての話題に耳を澄ます。もっとあの人の話を聞きたい。あの人のことが知りたい。

ところが新しいお客さんが入ってきて、木村さんは話すのをやめてしまった。

「いらっしゃいませえ」

迎える母の明るい声がなんだかうらめしく思えた。

通っている中学校の横に大きな都立公園がある。中央広場が広大な草地となっているので、小学生のときはサッカーをやりによく行った。夕方になると犬の散歩の人たちが集まってくる。入れ代わり立ち代わりで二十頭から三十頭くらいやってくる。この近所で犬を飼っている人たちはみんなこの公園に来るようだ。

その日は朝から晴れて暑いくらいだったのに、下校時に公園を抜けて帰ろうとしたら、急な夕立に降られた。走って東屋《あずまや》に逃げこむ。すぐやむと思ったのに長い夕立だった。空は水彩絵の具の水入れが汚れて濁ったときみたいな灰色をしていて、雨は強くなる一方。いつまでも降り続きそうだった。

「やまないね」

ぼく以外にひとり女の人がいて、その人に話しかけられた。二十代半ばくらいって感じだ。大きな犬が寄り添っていた。色は全体的に茶色。首から背中にかけて黒が広がっている。顔は鋭く、立った耳は大きく、体はがっちり。狼《おおかみ》のような印象がある。犬の散歩中に雨に降られたのだろう。

「や、やまないですね」

小さいころからスズランに来るお客さんの相手をさせられていたので、年上の女性には慣れている。だけど、このときばかりは灰色の空へ目をそらしてしまった。雨宿りしていたその女性、榊さんがきれいだったからだ。

榊さんは登山に行くような格好をカジュアルな普段着にしていた。山登り用のドライメッシュ素材のパーカーに、山歩き用のトレッキングシューズ。水色のハンチング帽がかわいらしくて、茶色にきれいに染められた髪が背中に届いていた。きっと髪のトリートメントをきちんとやっている人だ。母が美容室を経営しているからというわけじゃないけれど、髪のきれいな人は好きだ。

「君、傘は持っていないのかな。これ使っていいよ」

水色の折りたたみ傘を差し出してきた。水色が好きみたいだ。

「え、でも」

傘を持っているならば自分で差して帰ればいいのに。戸惑っていると先回りして言われた。

「わたし、いつも雨が降りそうなのに傘を忘れて犬の散歩に出ちゃうんだよね。けれど、今日はちゃんと持ってこられたの。忘れなかったぞ、なんてご機嫌で歩いてたのよ。だけど、この子の雨合羽《あまがっぱ》を忘れちゃって結局ここで雨宿り」

榊さんは肩をすくめて隣の犬を指差した。

「そんな大きな犬にも合羽があるんですか」

「あるよ。わざわざネットで探さなくちゃならないんだけどね。さすがにジャーマン・シェパードが着る合羽だとそこらへんのペットショップには置いていなくてさ」

シェパードという犬種は知っていた。でも、実際に見たのは初めてだ。その大きさに圧倒される。しかも榊さんは犬に首輪もリードもつけていなかった。

「ほんと大きいですね」

「うちのケイティ、あ、この子の名前なんだけど四十キロあるんだよ」

「すごい」

「体重の軽い大人の女性くらいかな。で、この子を雨に濡らさないで帰りたかったんだけど、合羽忘れちゃったし、濡れて帰ることにしたから、この傘は君が使って」

ほとんど強引に傘を渡された。

「でも、どうやって傘をお返ししたらいいか」

「この東屋のベンチに置いておいてもいいし、公園の管理事務所に預けてもらってもいいよ。わたし、ケイティとこの公園にしょっちゅう遊びに来てるから。気にせずに使ってね」

断りの言葉が思いつかずにおろおろしていると、榊さんはかがんでケイティの肩を叩いた。

「行くよ、ケイティ。じゃあね」

雨の中へ榊さんが走り出す。それまで置物のようにじっとしていたケイティが、跳ねるようにして東屋を飛び出していった。ひとりと一匹の背中があっという間に遠ざかる。リードもなしで、自由に走っていくひとりと一匹。息の合ったパートナーといったふうだ。公園の広い草地を駆けていくその様子は、映画のワンシーンを観ているかのようだった。

それから毎日、傘を返すために公園で待ち伏せした。榊さんにやっと会えたのは五日後のことだった。

榊さんは公園の広場の真ん中でケイティにボール投げをしていた。榊さんが黄色のテニスボールを投げる。ケイティは猛スピードで走って回収し、榊さんの股《また》のあいだへ戻って伏せのポーズを取る。そのように教えてあるようだ。何度投げても必ず股のあいだに戻って伏せをした。頭のいい犬だ。

公園の広場にはほかに十数頭の犬がいた。飼い主と犬のセットによるグループができていて、犬同士を遊ばせたり和やかに会話したりしている。榊さんはそのグループの端にいて、ときおり話に加わっていた。

犬を連れていないぼくにとってそれは近づきがたいグループに見えた。このまま帰ろうかな。傘は榊さんがひとりのときに返せばいいんじゃないだろうか。そう弱気になったけれど、次にいつ会えるかわからない。勇気を振り絞って近づいていった。

「あの、これ、ありがとうございました」

緊張して無愛想になりながら榊さんに傘を差し出す。すぐさま帰ろうと思っていたのに、榊さんが笑顔でボールを渡してきた。

「ちょうどいいところに来た。悪いんだけど、わたしの代わりにちょっと投げてくれないかな」

シェパードの体力は無尽蔵らしく、投げるのに疲れてしまったのだという。傘を返すだけで帰るのは寂しい気がしていたぼくは、喜んでボールを投げることにした。

運動は得意じゃない。体育の成績もいまいちだ。けれど、見栄《みえ》を張って思いきり遠くへ投げた。榊さんは走っていくケイティを笑顔で見守りながら、シェパードという犬種について教えてくれた。

「とにかくたくさんの運動が必要な犬なの。運動量が少ないとストレスがたまっちゃうのよね。人間にはとっても忠実だよ。頭もいい。だから、いろんなお仕事に就《つ》いている犬種なんだよ。警察犬、軍用犬、災害救助犬、麻薬探知犬。もともとは牧羊犬だからそのお仕事をしている子もいるね。残念な点を挙げるとすれば、頭はいいんだけどほかのワンコとはあんまりフレンドリーじゃないところかな。傲慢《ごうまん》なんだよね。だってさ」

言葉を途中で切って榊さんは公園の広場をぐるりと指差して見せた。ケイティのほかにもたくさんの犬がいる。あちこちで犬同士が追いかけっこをしたり、取っ組み合ったりして遊んでいる。

「公園にこんなにたくさんワンコがいるのに、ケイティっていっしょに遊ぶ子が一匹もいないんだよ。友達ができないタイプなの」

あはは、と榊さんは声を上げて笑った。体が大きくて運動能力の高いケイティと対等に遊べる犬になかなか出会えないそうだ。ケイティは追いかけっこでも取っ組み合いでも簡単に勝ってしまう。勝負にならない。相手の犬は面白くなくて寄りつかなくなり、結局ひとりで遊ぶはめになるという。

たしかにケイティの運動量はすごかった。ぼくがどれだけボールを投げてもケイティは疲れなかった。ぼくのほうが先に投げることに疲れ始めてしまった。

この犬が疲れることなんてあるんだろうか。途方に暮れ始めたとき、「ありがとう」と榊さんがボール投げを終わりにしてくれた。

「よかったね、ケイティ。たくさん遊んでもらえて」

榊さんはかがんでケイティを正面から抱きしめた。ケイティはべろんと舌を垂らし、満足げに瞳を細めた。榊さんはケイティのことが大好きみたいだ。ケイティも榊さんを大好きなようだった。

これからもときどきボールを投げさせてもらっていいですか。そうした言葉が喉元《のどもと》まで出かかったけれど言えなかった。だって馴れ馴れしすぎるじゃないか。

午後五時半を告げる『故郷《ふるさと》』のメロディーが公園のスピーカーから流れ始める。「うーさーぎーおーいし、かーのーやーまー」と頭の中に歌詞が浮かぶ。

「そろそろ失礼します」

もう少し話をしていたかったけれど、粘っていたら変なやつだと思われる。さっさと帰ることにした。

「今日は本当にありがとうね」

榊さんはケイティを抱きしめたまま満面の笑みを浮かべた。まぶしい笑顔を向けられ、急に照れくさくなる。ぼくは足早に広場を去った。

これからもボール投げさせてもらっていいですか。

また会いに来ていいですか。

言いたかった言葉たちが頭の中でぐるぐる回る。

いーつーのーひーにかー、かーえーらーんー。

ぼくの背後の空で鳴る『故郷』は、その箇所のメロディーだけやけにはっきり聞こえた気がした。

おまえよー、とクラスメイトのヨッシーが口を尖《とが》らせる。

「それってつまり、薫風はその榊さんて人を好きっていうことか」

「違うよ。なんでそういう話になるんだよ」

ヨッシーの本名は谷口義樹《たにぐちよしき》。大人が眉をひそめるようなことはだいたいヨッシーから教わった。パソコンか携帯さえあればHな動画が見放題だとか、ＳＭってものが世の中にはあるとか。

「そっかー、薫風もおれの教育の甲斐《かい》があって大人になってきたってことだな。人妻かあ。おれよりはるかに先に行きやがって。マセガキ王の称号はおまえに譲《ゆず》ってやるぜ」

違うって言っているのにヨッシーはご機嫌で話し続ける。もともと人の話を聞かないやつなのだ。

「で、その人妻さんと次に会う約束ができなくて、くよくよしてるってわけだ」

「人妻さんなんて言うなよ。変なふうに聞こえるだろ」

休み時間だ。窓際のロッカーに寄りかかってこそこそしゃべっている。でも、ヨッシーの声はでかくて人妻という言葉に教室内の何人かが振り向いた。

「早い話がさ、薫風が榊さんとまた仲良く話ができればいいわけだろ」

「まあね」

「別に悩むことないじゃん。ハロー、この前はどうもって寄っていけばいいんだよ」

「それが難しいんじゃないか。榊さんとケイティは公園のワンコグループの中にいて、犬も連れてないぼくが近寄っていったら違和感があるんだよ。のこのこ近づいていったら榊さんに興味あるって感じがばればれになるじゃん」

「だって興味があるんだろ?」

なんて答えたらいいかわからずにぼくは黙った。

興味はある。けれど、それがなぜなのかわからない。

好きとか片思いとかとはちょっと違う気がする。榊さんははるかに年上の女性だ。しかも結婚している。そんな人に恋愛感情を抱いちゃいけないと思うし、ぼくが榊さんに抱いているもやもやとした思いがそのまま恋愛感情とイコールには思えない。

では、いったいこの気持ちはなんなのだろう。なんて名づけたらいいんだろう。

そもそもぼくはまだ榊さんの名前を一度も呼んだことがない。母が木村さんとしていた噂話からあの人が榊さんという名だと一方的に知っただけで、榊さんとは自己紹介すらし合っていないのだ。

とても遠い存在。なのに惹かれる。自分でこのあとどうしたいのかもわからない。思わず大人みたいなため息が出る。

「悪かった、悪かった。そんなに落ちこむなよ」

ヨッシーがぼくの肩をばんばん叩く。

「作戦ならばちゃんとあるからさ」となぜかヨッシーは自信満々に言った。

「作戦ってどんな」

「薫風が公園にいる犬と飼い主のグループに自然と入っていけりゃあいいわけだ。簡単じやねえか」

「だからどんな作戦だよ」

「薫風も犬を連れて公園に行けばいいんだよ。そしたらグループに入れるじゃねえか。つまり、犬を飼うなり借りてくるなりすればいいのさ」

「ばかだな、ヨッシーは」

半分笑って半分怒って話を終わりにした。うちの母は犬も猫も飼うのを反対する。毎日人間の髪の毛をいやというほど掃《は》き掃除《そうじ》しているのに、これ以上の毛の掃除はごめんなのだそうだ。また、ぼくには犬を飼っている友達なんていない。犬を借りるあてがない。そして、よくよく考えてみれば、榊さんに会いに行くときだけ都合よく散歩に連れていける犬なんているはずがない。

ヨッシーのやつ、的外れな作戦をよくも自信満々に言えたもんだ。榊さんと仲良くなることの難しさを、ヨッシーの意味のない作戦のせいでなおさら思い知らされた。

放課後、落胆したまま家に帰った。お客さんがいなかったので美容室の隅にあるソファーに腰かける。

「あほヨッシーめ」

ため息交じりにつぶやいたときだった。スズランのガラス扉越しに茶色の大型犬が歩いているのが見えた。母が洗濯の終わったタオルを抱えて奥からやってくる。

「あら、ブックじゃない。夕方のセルフ散歩ね」

「いるじゃん！」

ぼくは思わず叫んで立ち上がった。驚いた母がタオルの山を床に落とす。

「なによ、薫風。いきなり大きな声なんか出して。また洗い直しじゃないの」

母がきいきい声で言う。ぼくはそれどころじゃない。いるじゃないか、都合のいいときに連れていける犬が。ブックだ。ブックこそ適任だ。

ブックはラブリ商店街に住み着いているオスの犬だ。鎖《くさり》などでつながれておらず、いつもそこらへんをふらふら歩いている。好きなときに好きなところへ行く。だからみんなセルフ散歩なんて言っている。早い話が野良犬だ。でも、見た目が立派なのでそうは見えない。ゴールデン・レトリーバーを細くして、毛を濃い茶色に染めたような感じ。おとなしくて人懐っこい。頭がよくて、ほかの犬がけんかしていたら仲裁だってできる。商店街のマスコット的存在で、ぼくも小学生のころは商店街の南に広がる原っぱへブックを連れ出して遊んだものだった。

ブックをぼくの家の犬ということにして、榊さんとケイティがいる犬のグループに参加する。どうだろう、この作戦は。ヨッシーが立てた作戦なんかより、何倍もいいじゃないか。

ぼくは興奮とにやにやが止まらず、スズランを飛び出した。ブックを連れていくための首輪とリードを買いに行こうと思ったからだ。

でも、飛び出して三歩で急ブレーキをかけ、慌てて店内に戻る。母に尋ねた。

「ねえ、ブックってなんて種類の犬？　何歳なの」

犬に詳しい榊さんは犬種や年齢について質問してくるはずだ。

「ブックの犬種？　聞いたんだけどなんだったかなあ。たしかイングリッシュ・セッターとかセターとか言っていたかな。年齢は五歳くらいと聞いたことがあるけど」

ラブリ商店街のことならなんでも知っている母が、珍しく曖昧《あいまい》なことばかり口にした。

「セッターね。バレーボールのセッター。イギリス代表のセッター」

ぼくは犬に詳しくない。だから、無理やりバレーボールのポジションと関連づけて犬種を覚えておくことにした。


結果としてブックを連れていく作戦は大成功だった。ブックは人間が大好きだし、ほかの犬にも友好的だ。公園の犬たちのグループにあっという間にとけこんだ。なによりラッキーだったのはブックとケイティが仲良しになったことだ。

いままでケイティは体の大きさでも運動量でも対等に遊べる犬がいなかった。その点、ブックも大きな犬だし、よく走る。ケイティはブックを全力で遊んでも大丈夫な相手と理解したようで、ケイティのほうから遊びに誘った。ケイティはブックのそばまで行くと、口のあたりを舐めたり、背中に手を置いたりして誘うのだ。これには榊さんが大喜びだった。

「すごい、すごいよ。ケイティがこんなにほかのワンコに興味を示したのは初めて！」

榊さんは手を叩いて喜んだ。年上の女性がこんなふうに無邪気に喜んでくれると、うれしいような、見てはいけないものを見ているような、ちょっと複雑な喜びにぼくは包まれた。

ブックはぼくの今回の作戦を理解しているのか、従順な態度でぼくに寄り添ってくれた。いかにもぼくの家の飼い犬というふうに。

買ってきた首輪をつけたときも全然いやがらなかった。小学生のころ、よく遊んでやったことを覚えていたようで、久々に会ったのに尻尾をぶんぶん振って喜んでくれた。リードを引いての公園までの散歩も楽しげで、ラッタッターといまにも踊り出しそうなほど軽やかな足取りでやってきた。

たぶん、ブックは人間を信用している。愛してくれるものだと信じている。そんなブックを利用しているようでちょっとばかり罪悪感を覚える。

「ブックって紳士《しんし》的だよねえ」

榊さんは感心してそう何度も言った。ブックは初対面の挨拶からスマートで、榊さんには撫でられやすいように体を横づけにして待ち、ケイティに対しては彼女のお尻のにおいを少し嗅《か》いだだけで離れた。犬のくせにぼくなんかより女性にモテる方法をわかっているようだった。

二匹まとめてのボール投げとなった。ケイティは競争相手がいるために、見たことないほど本気でボールを回収しに走った。

ケイティは体重四十キロ。ブックは榊さんが言うに三十キロくらいだろうとのこと。体はケイティのほうが大きい。走りもパワフル。だけど、ブックは軽やかさと機敏さで優《まさ》っていて、ボールをどっちが回収するかではいい勝負になった。

ぼくが二匹に対してフェイントをかけて投げると、さっと反応して早くたどり着くのはブックのほう。遠くへ投げると足の速いケイティが勝つ。途中からの加速がすごくてブックを引き離してボールにたどり着く。

勝ったときのブックがまた面白かった。ボールをくわえたままケイティの周りを回る。

「このボールいいだろ」

いまにもそう言い出しそうな顔で得意げに見せびらかすのだ。

「あはは、面白いね、ブックは。勝ったぞって自慢するんだもんね」

榊さんが喜んでくれるので、ぼくは何度もボールを投げた。空高く投げたり、強くバウンドさせたり、低く速く転がしたりと変化をつけた。ブックとケイティの二匹は飽きもせず、本当に楽しそうにボールを追いかけた。

「きれいな子だねえ」

うっとりと榊さんは言ってブックの姿を追う。ブックの長い毛は光の具合によっては赤に近い茶色に見えた。その走り方は優雅だ。躍動《やくどう》する生き物の姿を見て美しいと思ったのは初めてだ。

ブックが飼い犬だというふりをする作戦は大成功で、当分のあいだこのまま榊さんと親しく過ごせる展望が立った。ところが、ぼくは新たに問題を抱えることになってしまった。それは榊さんの名前に関する問題だ。

きっかけは榊さんの質問をぼくが間違えて受け取ったことから。最初にブックを連れて公園の広場に入っていったとき、榊さんから質問されたのだ。

「名前はなんて言うの」

「柴田《しばた》薫風です」

榊さんが大笑いして言う。

「あのね、君の名前じゃなくて、このワンコの名前はなんなのかな」

ぼくは恥ずかしくなってうつむいた。地面を見つめて答える。

「ブックです」

「そっか。いい名前だね」

頭上から榊さんの朗らかな声が降ってくる。でも、ぼくは顔を上げられなかった。ぼくの胸には卑屈さのシミのようなものがじわりと広がっていた。榊さんの笑ったタイミングがたまたま悪かったのだ。ぼくはぼくの名前を笑われたように感じた。

「あ、笑っちゃってごめんね。それに君の名前を笑ったわけじゃないからね」

榊さんがやさしく語りかけてくれた。それにしてもなぜぼくの心を見透かせたのだろう。

ぼくはぼくの薫風という名前が嫌いだ。幼いころから何度も訊き返され、そして笑われてきた。クンプーという音が面白すぎてあだ名さえついたことがない。ヨッシーという普通のあだ名がうらやましいくらいなのだ。

「わたしね、薫風っていい名前だと思うよ。薫《かお》る風の薫風でしょう」

「そうですけど」とぼくはうつむいたまま頷いた。

「爽《さわ》やかですてきじゃないの。君は五月の生まれかな」

「はい」

「風薫る五月だもんね。つけてくれたのはご両親？」

「商店街の会長さんがつけてくれたんです。最近亡くなってしまったんですけど、その人がなんて言ったらいいかな、ええと、名づけ名人って感じで、ぼくんちがある商店街のラブリ商店街って名前とか、ぼくみたいに商店街で生まれた子供とかの名前をよくつけていたんですよ。ブックの名前もその人がつけたらしいです」

「らしいですって」

榊さんが苦笑したので顔を上げる。首をかしげていた。

「ブックは君んちの犬でしょ。そんな他人事《ひとごと》みたいに」

焦って慌てて答えた。

「それは、その、ぼくがいないあいだに、母が名づけ名人の会長に決めてもらったんですよ」

やばかった。危《あや》うくうちの犬じゃないことがばれるところだった。

「ふうん、ブックってことは薫風君の家は本屋かな」

「いや、美容室ですけど」

「なんでブックなんだろうね。ブックって本だよね」

そう言われてみればそうだ。なぜ会長は本なんて名前をつけたんだろう。首をひねっていると榊さんがつぶやく。

「本のブックじゃないのかなあ」

「どうなんでしょうね」

「でも、いい名前だよ。薫風君もラブリ商店街もブックも。天国の会長さんはほんと名づけ名人だね」

榊さんがぼくの名前を褒めてくれたのはうれしい。だけど、やっぱりぼくは好きになれない。保育園でも小学校でも中学校でもずっと笑われてきた。商店街の会長に名づけを頼んだ母を何度恨んだことか。

「いまでこそ自分の名前は大好きだけど、わたしも小さいころは嫌いだったんだよ」

榊さんが穏やかに語り出した。

「わたしね、アオキミドリって名前なの。アオキは普通の青木で、ミドリは宝石のヒスイのスイのほうを書くの」

そう言うと榊さんはしゃがみこみ、落ちていた枝を拾って地面の土のところに「翠」と書いた。これでミドリと読むのか。

いや、待てよ。青木翠？　この人は榊さんじゃなかったっけ。

「アオキミドリって音だけを聞いたら、青と黄緑のふたつの色がふたつ並んでいるみたいになっちゃうでしょ。クラスの男子はみんなからかってきたよ。青なのか黄緑なのかどっちかはっきりさせろよ、なんてさ。ということで、よろしくね、柴田薫風君。青木翠です」

ほっそりとした白い手で握手を求めてきた。おずおずと握ってみる。でも、頭の中は混乱の嵐だ。

ぼくは榊さんの名前を知らない前提となっているので、「榊さんじゃないんですか」なんて確認はできない。

もしかして母と八百屋の木村さんが青木と言っていたのを榊と聞き間違えたのかな。いやいや、たしかに八百屋の裏の家は榊さんだった。ストーカーみたいでまずいかなとは思ったけれど、こっそり表札を見に行ったのだ。

木村さんが言っていた、八百屋に買い物に来ていたシェパードを連れたかわいらしいお嫁さんというのが、いま目の前で青木と名乗るこの人と別人の可能性はないだろうか。シェパードを連れた榊さんという女性がほかにいるんじゃないだろうか。

そんなばかな、と即座に否定する。首輪もつけずに買い物につき合えるシェパードと、細くてかわいらしいお嫁さんという組み合わせなんて、めったにないはずだ。

となると思いつくのは、本当は榊という名なのに青木と名乗っている説だ。たぶん、青木は結婚する以前の苗字《みようじ》。それを名乗ったのだとしたら。

しかし、なぜ旧姓を名乗る必要があるのだろう。ふらふらと近づいてきた中学生男子に、本当の名前を教えるのは危ないと考えたからだろうか。信用されていないのだろうか。

あるいはアオキミドリという名前自体が、まったくのでっちあげだったとしたらどうだろう。薫風という名前に同情して、アオキミドリなんて名前を捏造したのかも。

「ねえねえ、ブックって何歳?」

あれこれ頭を巡《めぐ》らせていたら、訊かれるだろうと想定していた質問がきた。青木と名乗られても、すぐには青木さんと頭の中の呼び名を切り替えられないので、榊さん(仮)ということにして答える。

「五歳ですよ」

「ケイティは三歳だからブックのほうが年上ってことか。五歳と三歳じゃいいカップルって感じになれそうじゃない？」

「はあ」

名前のことが引っかかって気のない返事になる。

「犬の三歳ってちょうどわたしと同い年で、そろそろ彼氏ワンコの一匹くらい欲しいところだもんね」

「彼氏ワンコですか。あはは」

なんて返したらいいのかわからなくて間に合わせで笑った。しらじらしい感じになってしまってひやりとする。榊さんは追いかけっこをするブックとケイティを見やりながら楽しげに言った。

「アイリッシュ・セッターとジャーマン・シェパードの子供が生まれたら、どんな感じなんだろうねえ」

「え、アイリッシュ・セッターですか。イングリッシュ・セッターって聞いてますけど」

「そんなはずはないよ。ブックはどこからどう見てもアイリッシュでしょう。わたし、犬には詳しいんだよ。こんな立派なアイリッシュの子なんだから血統書があるでしょう」

母の顔がちらつく。イングリッシュ・セッターとガセネタをつかまされてきやがって。

「ああ、そうそう。間違いました。アイリッシュです。いつも言い間違っちゃうんです。で、血統書はないんですよ。実はもらってきた子なんで」

慌てて取り繕《つくろ》った。

「へえ、もらってきた子なんだ。もしかしてブックは保護犬？」

「まあ、そんな感じです」

「薫風君、いいことをしたねえ」

嘘《うそ》をついてちくりと胸が痛む。榊さんが感心してぼくを見つめてくれるのが申し訳なくてしかたない。

「ブック！」

榊さんがそばを駆け抜けようとしていたブックを呼ぶ。ブックは急転回してやってきた。はあはあと荒い息を繰り返すブックの頭を榊さんはやさしく撫でた。ブックはすっかり榊さんに懐いている。

「このアイリッシュ・セッターも、さっき薫風君が言ったイングリッシュ・セッターも、もともとは同じ起源の犬なんだよ。十八世紀の初めにアイリッシュを別の種として育てていくようになって、現在のアイリッシュ・セッター特有の美しい外観と、陽気で温厚、でも、ときには情熱的な気質を備えるようになったわけ」

「すごい。犬のこと本当に詳しいんですね」

「えへへ」と榊さんは得意げに笑った。

「実はわたしね、大学生のときに犬の社会行動について研究してて、いまは犬に関する本を書いて暮らしているんだよね」

「本屋さんに行けば本が並んでいるってことですか」

「まだ二冊だけどね。犬の雑誌にも記事を書いてるよ。犬に関することを書くライターって言ったらいいかな。たとえば、海外の犬事情についてとか書いてるの。ドイツのミュンヘンなんて進んでて、公共機関である電車にも犬が乗れるんだよ。もちろん、きちんとしつけがなされていて、犬がいっしょで当たり前と考える国民性がむかしからあるから、犬も電車に乗れるんだけどね」

犬について語っているときの榊さんはとても楽しそうだった。目が輝き、声が弾み、活き活きとした笑顔となっている。

好きなものがある大人っていいな。日ごろ陰口ばかりの母とマルちゃんを見て、大人っていやだなって思っていた。けれど、榊さんのように好きなものを見つけ、好きなことに関係した仕事をしていけば、輝けるってわけなんだろう。

太陽が公園の木々の向こうに落ちて、午後五時半を告げるあの『故郷』が流れ始めた。

「そろそろ帰らないと。今日はケイティと遊んでくれて本当にありがとう。じゃあ、またね！」

榊さんとケイティがやや小走りに帰っていく。ブックは名残惜《なごりお》しそうにケイティを見ていた。

「おまえ、ケイティに惚《ほ》れたんだろう」

ブックの脇腹をつつく。ブックは顔を上げ、横目でぼくを見る。

「おまえこそあの女の人が気になってるくせに」

そういまにも言い出しそうな表情をブックが浮かべる。ブックは頭がいい。見抜いているのかもしれない。

結局、あの人が榊さんなのか、青木さんなのか、わからなかった。公園で犬を遊ばせているほかの飼い主さんが、あの人に話しかけるときに名前を呼ぶんじゃないかと耳を澄ますこともしてみた。けれど、どの飼い主さんからもこう呼ばれていた。

「ケイティママ」

飼い主さん同士は犬の名前にパパとかママをつけて呼ぶものらしい。子犬のころから育て、親みたいなものだからだろう。公園にはハンナママとかケンタパパとかささみママとかたくさんいた。

じゃあ、ぼくはブックパパになったりして、なんて思っていたら違う呼び方だった。ブックと連れ立って広場から出ていこうとすると、飼い主さんたちはぼくをこう呼んだ。

「ブック兄さん、またね」

たしかにブックの親という年齢じゃないもんね。パパじゃない。でも、兄になったつもりもないいんだけどな。


それからぼくはブック兄さんとして公園の犬のグループに加わり、榊さんなのか青木さんなのか探るようになった。潜入捜査でもしているようでドキドキした。

榊さんが公園にやってくるのは週に一度か二度。車にケイティを乗せて、ラブリ商店街の隣の富士見町《ふじみちょう》にあるコインパーキングに車を駐めてやってくる。

その週に一度か二度やってくる日がいつかわからないので、ぼくは毎日のようにブックと公園へ遊びに行って待った。会えたとしても一時間ほどで榊さんとケイティは帰ってしまう。その一時間のためにぼくは公園へ通い続けた。

ケイティママの名前が榊なのか青木なのかは、まったくわからなかった。公園の犬のグループの人たちに、「ケイティママの名前ってなんですか」と訊いてしまうのがいちばん手っ取り早いのだけれど、怪《あや》しまれたら困ってしまう。

名前が判明しないながらも、断片的な情報ならいろいろと仕入れることができた。犬に関する文章を書くライターであり、主婦であり、二十八歳であるらしい。子供はいない。

夫は建設会社で働いていて、出張が多い人だそうだ。

公園の犬のグループの人たちにしてみれば、こうした情報さえわかれば名前なんて関係ないのかもしれない。それにケイティママとかブック兄さんとかと、匿名《とくめい》同士のつき合いのほうが相手のプライベートに踏みこまずにすんでいいのだろう。

ただ、ぼくの場合はケイティママと口にするのが恥ずかしくて、ケイティのお姉さんと呼んだ。ママなんて男子が声に出せる言葉じゃないからね。

それにしても榊さんが二十八歳だったことには驚いた。見た目はもっと若い。ハンナママがからかってこんなことを言っていた。

「ケイティママって女子大生にしか見えないわよね」

生活感が漂ってこないから若く見えるんだろうか。榊さんはなぜか主婦の雰囲気がまったくない。奥さんって言うよりも、きれいなお姉さんなのだ。

二十八歳ってことはぼくと十五歳の差。数字にしてしまうととんでもなく年上の人に思える。だけど、いっしょにいて年齢差は感じない。居心地《いごこち》もいい。クラスメイトの女子たちの前だと、変にかっこつけようとして緊張してしまうのに、榊さんの前だと自然体でいられる。包容力って言葉を初めて実際に感じた。

榊さんの公園での滞在時間はいつも一時間くらい。そのあいだぼくは榊さんを独り占めできた。ブックとケイティがべったりで遊んでいるからだ。

交わした会話のほとんどが犬に関してだった。ぼくは榊さんからいろいろなことを教わった。たとえば、カーミング・シグナルについて。犬はしぐさによって心の状態をほかの犬に伝えることができるのだそうだ。そのしぐさは興奮や不安から落ち着こうとして行うものでもあるという。「ちょっと苦手だな」「遊びたいよ」「興奮状態から落ち着こう」などなどシグナルは三十種類くらいあるらしい。

カーミング・シグナルはまだまだその数も解釈も曖昧で決定的とは言えないという。けれど、人間がそれらを覚えておいて、飼い犬のシグナルに気づいてあげられれば、気持ちを汲み取りやすいとのこと。

「ほら、あれはケイティがブックに敬愛の気持ちを表してるんだよ」

榊さんが指差す。ケイティがブックの口の横を舐めていた。二匹は会うたびにどんどん仲良くなっていく。まるで恋人同士のようでもある。うらやましい。

ぼくはと言えば、榊さんが名前を青木と偽って名乗ったのではと疑い、なんだか一歩引いてしまう感じがあった。榊さんから警戒されているんじゃないだろうか、なんて考えてしまうからだ。

公園の敷地の南側は雑木林《ぞうきばやし》となっている。ぼくと榊さんはしばしば広場のグループを離れて、ブックとケイティをそちらへ連れていった。ブックは雑木林に入っていくと目に見えて楽しそうになる。下草を踏むその足取りが軽やかになる。瞳は輝き、凛々《りり》しい顔つきとなった。

「ブック、いい顔してるね。やっぱり猟犬はこういう林に入ると、本能が反応してわくわくしちゃうんだろうね」

説明する榊さんはブック以上にわくわくして見えた。犬と過ごす時間がなによりも幸せな人なのだ。

ぼくらの頭上はケヤキやコナラ、クヌギなどの背の高い木々の葉っぱで覆われ、かすかに覗《のぞ》く青空に飛行機雲が横切っていた。今年は空梅雨《からつゆ》だそうで、早くも夏のような暑さとなる一日もあるけれど、雑木林の中は日陰だからしっとりと涼しく、緑のにおいが満ちて気持ちがよかった。

デートってこういうものなのかな。これもデートと呼べるのかな。榊さんといっしょにいるとついそんなことを考えてしまう。ぼくは女の子とつき合ったことがない。

初恋は小学校二年生のときだった。隣の席の子が気になって、からかったり、笑わせたりした。そのあとも好きになった子はいたし、中学校に入ってからもいいなと思う子はいた。みんな片思いながらも、はっきり好きだと意識した。ちゃんと恋だった。

でも、いまぼくが榊さんに抱くこのもやもやとした、ときに切ない気持ちは、好きというひとつの言葉では言い表しきれない気がする。好きという言葉ではぴったりとこない。

「好きなことは好きなんだよ。だけど、好きという言葉じゃない気がするんだよね。もっとはみ出す気持ちがたくさんあるんだ」

　ぼくが相談できるのはヨッシーだけ。小ばかにされるのは承知でなんでもヨッシーに話した。

「いよいよマセガキ王らしくなってきやがったな、そんなこと言い出すなんてよ」

　予想通り、ヨッシーはにやにやと笑って答えた。ぼくはかまわずに続けた。とにかく誰かに心の内を話したかったから。

「いろいろ考えているとわからなくなるんだよ。本当に好きなのかな、そうじゃないのかな、なんてことまでわからなくなるんだ」

「それは薫風が恋愛の初心者だからだろう。そのうちはっきりしてくるんじゃねえのかな、薫風が榊さんに抱いている思いってやつもさ」

「そのうちなんて悠長な感じじゃ困るんだよ。なんか胸のあたりがもやもやとして苦しいんだ」

「じゃあさ、薫風とその榊さんが会っているところを、おれが見に行くってのはどうだ」

「ヨッシーが？」

「他人から見れば、薫風が榊さんに惚れているのかどうかってのも一発でわかるんじゃやねえかな。それが判明したら、もう薫風もぐだぐだ言っていないで、好きになったって認めるんだぞ」

ヨッシーの言っていることに一理ある気もするし、ヨッシーがただただ野次馬根性で見に来たいだけの気もする。ともかく、仲良くなった榊さんがいかにきれいで魅力的な人か、ヨッシーに自慢したい気持ちも手伝って、ふたりを引き合わせることにした。榊さんには「ぼくの友達がケイティに会いたがっているんです」と嘘をついて。

待ち合わせは公園だった。ぼくとヨッシーは待ち合わせ時間の一時間も前から待機していた。ヨッシーは「薫風のよさを榊さんにうまいことアピールしてやるぜ」なんて息巻いていた。それなのに、いざ榊さんを前にしたら借りてきた猫のようにおとなしくなった。

「榊さんがあそこまできれいな人とは思わなかったんだよ」

後日、ヨッシーはぽりぽりと後頭部を掻いて言った。初めてヨッシーがぼくより幼く見えた瞬間だった。

榊さんがきれいと褒められたことは素直にうれしい。きれいな榊さんと親しい間柄であることを、ヨッシーに知らしめることもできて鼻高々だ。たしかに榊さんはきれいな人だ。公園でふたりでいると、いろんな男の人がわざわざぼくらのそばを通って歩いていく。みんな榊さんを横目でちらちら見ながら通り過ぎていくのだ。

優越感ってこういうことなんだな、と学んだ。どうして大人の男の人がきれいな女の人を連れて歩きたがるかわかってしまった。榊さんといっしょにいるとこっちまで特別な人間である気がしてくる。そういった輝きが榊さんにはあるのだ。

また、ヨッシーが榊さんと会ったことで気づいたことがあった。榊さんは以前にヨッシーが言っていた通り、人妻さんだ。旦那さんがいる。それは榊さんが愛している人。それなのにぼくはいままでその旦那さんをうらやましいと思ったことがなかった。でも、ヨッシーと榊さんが話しているところを見て、初めて嫉妬《しっと》を覚えた。榊さんがヨッシーに微笑みかけたときなんて、胸がじりじりとして苦しくなった。ヨッシーに早く帰ってほしいと思ったくらいだ。

つまるところ、嫉妬したということは、ぼくが榊さんに抱いている気持には恋の成分が入っているということだ。恋そのものとは、やはりどこか違うのだけれども。

ヨッシーが公園にやってきたその日、夕立に降られた。気を利かせたヨッシーが先に帰ったあと、急に雨雲がやってきて降り出した。ひどい夕立でぼくと榊さんは以前と同じように東屋で雨宿りをした。初めて会ったあの東屋で。ブックとケイティはおとなしくおすわりをして待ち、水煙を上げる激しい雨をじっと眺めていた。

小降りになってきたころ、榊さんが訊いてきた。

「虹が出る条件って知ってる?」

「いいえ」

「まず、雨上がりなどで大気中に水滴がたくさんあること。次にその水滴に太陽の光が当たっていること。そして、太陽を背にして立ったとき、太陽と自分を結んだ線に対して、約四十度の角度に光の当たった水滴たちがあること」

「はあ」

難しくて間の抜けた声を出してしまった。榊さんは悪戯《いたずら》をたくらむ子供のような笑みを浮かべ、唐突に勢いよく東の空を指差した。

「その条件ってね、いまだから！」

叫ぶと同時に榊さんが駆け出した。つられてブックとケイティが飛び出す。ぼくも慌てて追いかけた。

もはや雨はぱらぱらとしか降っていない。足元はいまだ雨雲が影を落として暗い。けれど、奥に広がる草地や空との境目《さかいめ》を埋め尽くす木々の緑は、雨雲を引き裂《さ》いて差しこんでくる強烈な日差しに照らされて輝いていた。緑がまぶしいくらいに光っていた。

「ほら」と榊さんが笑顔で振り向いて空を指差す。空はまだ濁っている。青と灰色が混ざったような色合いだ。そんな空を背景にして、鮮《あざ》やかな虹のアーチがかかっていた。息をのむほど大きな虹だ。

「早く、早く！」

先を走る榊さんが手招きしてくる。ブックとケイティは飛び跳ねながら走っていく。ひとりと二匹は虹の真下まで向かおうとしているように見えた。

追いついてからぼくは思った。初めて榊さんに会った日、雨の中を走って帰っていくひとりと一匹の姿は映画のワンシーンのようだった。いまぼくとブックは同じ世界にいるんじゃないかな。

榊さんの異変に気づいたのは夏休みに入ってまもなくのころだった。榊さんと出会って二ケ月が経っていて、会えばこっそりじっくり観察していたから、いつもと様子が違うとすぐに気がついた。

ふと黙ってしまう瞬間があった。うわの空でぼくの話を聞いていないこともあった。笑顔が寂しげなものに変わった。大人と子供という年齢差を感じさせずに接してくれていた榊さんから、距離感を覚えるようになった。子供になんか話してもしかたないよね、といったあきらめを感じさせる目をする。榊さんの心がなにかに躓《つまず》いているようだった。

ひどく塞いでいる日の榊さんは、公園の広場へ行かずに真っ直《ます》ぐ雑木林へ入っていく。ケイティもブックもついていき、結局ぼくも向かうことになる。

ある日のことだ。榊さんが雑木林の真ん中で立ち止まり、そのまま動かなくなった。ぼんやりと前方を見るともなしに見ている。

「なんかあったんすか」

いつものぼくと榊さんの関係なら、「なにかあったんですか」と尋ねているところだ。わざと品がないようにしゃべってみせないと、心配の言葉がかけられないような重い雰囲気があった。

「特になにもないっすよ」

榊さんも同じように返してきて微笑んだ。笑う元気はあるみたいだ。

「人ってさ、同じ場所で同じものを見ているのに、まったく違う物語を描いてしまうものなんだね」

独り言のように榊さんがぼそぼそと語った。ぼくはすぐに返事をしなかった。榊さんが語りたいように語らせておいたほうがいい。話をして落ち着こうとしている。そういうカーミング・シグナルが榊さんから見て取れた。

「ねえ、薫風君。ケイティとブックを見てみて。いまの時期って暑いから、口の端が上がって笑っているみたいに見えるでしょう」

「見えますね」

「わたしと薫風君はケイティとブックのことをよく知っているし、二匹と通じ合っているから、口の端が上がっているのを見て笑っているように見えるし、擬人化して『暑いワン』なんてセリフをあてることだってできる。わたしと薫風君はそういう物語を共有できるわけなんだよね」

話が難しくなってきた。とりあえず頷いておく。

「だけど、世の中には口の端が上がっているいまの二匹を見ても、笑っているように見えなかったり、なんの物語も共有できなかったりする人がいるんだよ。それはどうしようもないことなの」

　榊さんが力なく笑った。

「ごめんね、薫風君。愚痴《ぐち》っちゃって」

　ぼくはうつむいて首を横に振った。

「夫婦ってね、夫がやさしくて妻が賢ければたいていうまくいくんだよ。でも、やさしかったり、賢かったりすることが、難しくなっちゃうときがあるんだよね」

　異変の原因は夫婦の問題だったみたいだ。ぼくは榊さんにかけてあげられる言葉が思いつかない。なにせぼくには経験がない。知恵もない。どこへも導いてあげられない。こっそりと榊さんに抱いている名づけようのない思いも、こういうときはなんの役にも立たない。

　そのままぼくと榊さんは黙って雑木林の中で立ち尽くした。ブックもケイティも普段と雰囲気が異なることを察したのか、じっとおとなしくしている。雑木林は日が落ちるとあっという間に暗くなった。息苦しいほどの夕暮れどきだった。

　一週間後、ブックとケイティを連れて県境の貯水湖まで行こうと榊さんが誘ってくれた。ぼくは妙な胸騒ぎを覚えた。

　迎えに来てくれた榊さんのワンボックスカーにブックを乗せる。ブックは車に乗れるとわかったとたん、大はしゃぎとなった。つられてケイティまではしゃぐ。最近榊さんとふたりきりのときは重い空気がたちこめていたので、はしゃぐブックに助けられた形になった。

貯水湖に隣接するコインパーキングに車を駐め、土手へ向かった。土手は芝生《しばふ》が植えられていて、犬が遊ぶのにじゅうぶんな広さがあった。

土手の斜面でブックとケイティが恒例の追いかけっこを始める。ぼくと榊さんは土手の中腹のベンチに腰かけて、二匹の様子を眺めた。

「わたしね、長崎の五島列島の出身なんだ。たくさん島があるんだけど、わたしが生まれたのはその中の人口が二千人くらいの小さな島なの。車で二時間もあれば一周できちゃうくらいのね。そこへもう帰ろうと思って」

「え」

この一週間、榊さんは異様に思い詰めた表情を浮かべることがあった。まさか生まれ故郷に帰ろうとしていたなんて。

「高校卒業と同時に東京に出てきて大学生活を送って、就職したけれど寿退社して。それがわたしのこれまで。うちの旦那さんはね、わたしが入った大学で一年生のときに出会ったの。バドミントンサークルで出会ったんだよ。十八歳のときにつき合い始めて、二十三歳で結婚して、今年でわたしは二十八歳だから彼とは十年間ずっといっしょ。ていうかさ、わたし旦那さん以外の男性とつき合った経験がないんだよね」

ブックとケイティはときどき足を止めてこちらを窺い、また弾かれたように駆けていく。

「わたしは大学で犬の社会学の研究をしていたんだけれど、すごく好きな研究だったんだ。卒業後はその研究職に就きたいな、なんて考えていたくらいに。でも、いまの旦那さんと結婚したいという思いが強くて、まずはお金を貯めなくっちゃって普通に就職したんだよ。旦那さんはいまの建設会社に就職。国内だけじゃなくて海外の出張も多くて、それで出向いた先で最初の浮気」

思わぬ告白にぼくは息をのんだ。

「もう大げんかだよ。それなのに次の年には二回目の浮気。当時、わたしは寿退社したあと家の近くの動物病院で受付のパートをやってたんだけど、ショックで働きに行けなくなって家事に専念することにしたの。そのころからお小遣い稼ぎで犬のライターのお仕事を始めて、これがけっこう評判がよくてね。途切れることなく原稿の依頼が来るようになって、せっかくだからって犬を迎えたの。それがケイティ」

ぼくと榊さんは飛ぶように走るケイティに目をやった。

「犬って本当にすばらしいなってケイティに教えてもらったよ。たとえわたしが世界中の人から裏切られても、見放されても、きっと犬だけは最後までいっしょにいてくれるよ。

先月、三回目の浮気が発覚したときにそう思った」

ぼくは言葉が出なかった。どうしてこんなにきれいですてきな奥さんがいるのに、浮気なんてするんだろう。頭がおかしいんじゃないだろうか。ここに旦那さんがいたら絶対にぶっ飛ばしてやるのに。ぼくは怒りでTシャツの裾《すそ》をぎゅっと握った。

榊さんがぼくの怒りに気づいたらしい。苦笑いしながら明るく言う。

「もういいんだよ、薫風君。もういいの。彼もね、つき合ったのも抱き合ったのもわたしが初めてだったの。駄目だよね、そんなんで結婚しちゃ。薫風君はいろいろと恋愛してから結婚したほうがいいよ。なんて純粋な薫風君に言っちゃ本当は駄目なんだろうけどさ」

「いえ」

ぼくは純粋なんかじゃない。ブックを自分ちの犬だなんて嘘をついてまで榊さんに近づいた。榊さんに触れてみたいと思ったこともあった。

「三回目の浮気はさすがに心が折れちゃった。島に帰るって決めたの。頑張ったんだけどね、わたしも」

わざとさばさばとした口調で言っているのはわかった。痛々しかった。

ぼくはなんて空っぽの人間なんだろう。薄っぺらなんだろう。自分の胸の中を一所懸命探してみるけれども、榊さんの心を包んであげられるような、やさしくて温かな言葉をひとつも持っていなかった。

そっと榊さんの横顔を窺った。こんなときに考えることじゃないとわかっているけれど、やっぱりきれいだと思った。そして、自分がとても情けなかった。きっと大人だったらこうした場面では抱きしめるんだろう。お金を持っていればいっしょに暮らそうなんて言うんだろう。

悔しい。

ぼくはどうにも十三歳だった。

「彼と出会って十年だよ。たくさん愛し合ったし、けんかもした。浮気されたあともなんとか関係を修復しようと頑張ってもみた。彼のこと好きだったからね。だけど、駄目だったよ。彼にとってわたしはもう大切な人じゃなかったの。わたしは同じ屋根の下でうろうろしているだけの人でしかなかったんだよ。だからさ、わたしはこの十年間の物語を終わりにすることにしたの。『幻』とタイトルをつけてね」

榊さんはベンチから立ち上がった。すっくりと立った。


いつか薫風君が携帯電話を持ったら電話かメールをちょうだいね、と番号とアドレスを書いたメモを渡された。

引っ越しの日は教えてもらったけれど、手伝いに行くなんて言い出せなかった。榊さんの家を知らないし、子供のぼくが行っても足手まといになるだけだろうし。貯水湖の土手へ出かけた日が、榊さんと過ごした最後の日となった。

榊さんが引っ越してから数日が過ぎたある日の夕方、家の居間でごろごろしていると、八百屋の木村さんと母の噂話が聞こえてきた。木村さんが興奮気味にしゃべっている。

「榊さんとこのお嫁さん、離婚して実家に帰ったんだって。突然だったらしいわよ」

「わたしもそのお嫁さんの話、聞いたわよ。実は変わり者だったらしいじゃないの。犬関連の本を出してて、わざわざ旧姓の青木で出版してたらしくて、それを旦那さんが面白くなかったみたいで。旦那さんより犬を溺愛《できあい》してたっていうし。子供のいない夫婦の家で犬を飼っちゃ駄目よね。聞いた話じゃあのお嫁さんって、子供を作るのいやがっていたって言うじゃない」

ぼくは聞いていられなくなって立ち上がった。レースの暖簾をかき分け、母に向かって怒鳴《どな》った。

「いい加減なことばっかり言うな！」

「なによ、薫風」

目を丸くして驚く母をそのままに、ぼくは家を飛び出した。商店街を駆け抜け、南側の原っぱまで走った。

ブックを呼んだらすぐにやってきた。抱きしめたらずっと日の当たる場所にいたのか太陽のにおいがした。抱きしめながら、先ほど母が話していたことを思い返す。

でたらめだ、でたらめばかりだ。やっぱり榊さんが言っていた通り、同じ物語を共有できるわけじゃないんだ。榊さんは旦那さんを愛そうと思って、それでも無理だったんだ。なのにどうして母が言っていたような嘘の物語が出回っているんだよ。

悔しくて、悲しくて、ブックを強く抱きしめた。やがて『故郷』のメロディーが聞こえてきた。五時半になったのだ。

榊さんはこの曲をどんな思いで聞いていたのだろう。五島列島に帰りたくて涙を流したこともあっただろうか。

表情が沈んで見えたときから、東京を去る準備をしていたんだろうな。別れの準備もしていたんだろうな。

「薫風君にはいろいろと話を聞いてもらって感謝してるよ。薫風君ってしっかりしてて、わたしの話に真剣に耳を傾けてくれるから、ついつい甘えて話しちゃった。ごめんね」

土手のベンチで言われたその言葉を思い出し、ぼくはブックの首筋に顔を埋めたまま首を振った。別にいいのに。もっと甘えてくれたってよかったのに。

寂しさで涙が流れた。ブックも二度とケイティとは会えないだろう。ブックがかわいそうでまた泣いた。ぼくは知らなくていい寂しさをブックに与えてしまったんじゃないだろうか。気づいたときには原っぱで声を上げて泣いていた。

ブックは静かに寄り添い、ぼくの頬を伝う涙を舐めた。舌は温かくて、ざらざらとしていた。榊さんの言葉が耳によみがえった。

「きっと犬だけは最後までいっしょにいてくれるよ」

「本当だね」

嗚咽交じりでつぶやくと、ブックは首をかしげて見つめてきた。茶色の瞳がぼくを心配してくれていた。

一時間ほど泣いたあと、ぼくはふらふらと立ち上がった。たくさん泣いて、たくさん涙を流したら、ぼくが榊さんに抱いていた思いがなんだったのかはっきりとわかった。

それは「憧れ」だ。

榊さんと出会い、ケイティやブックと過ごした短いけれどすばらしかった日々。榊さんと出会って別れるまでのこの物語に、ぼくは「憧れ」と名づけた。

第三章　いとしのニキ

白い子犬は段ボール箱の中ですやすやと眠っていた。親や兄弟から離れ、これからひとりぼっちになるというのに度胸の据《す》わったやつだ。この子は兄弟のうちでいちばん元気なやつだった。

門扉を開けて、生後三ヶ月。体重三キロ。頼りないほど軽い。妻の真希子《まきこ》と娘の莉奈《りな》はどんな反応をするだろうか。大歓迎はされないだろう。もしかすると、この子を見て「返してきて」なんて言い出すかもしれない。

ドアノブを握る。それでも迷って開けずにいると尻を突っつかれた。驚いて振り返る。暗がりの中にブックが立っていた。この商店街に住み着いている犬だ。赤毛を靡《なび》かせて歩く姿が美しい大型犬のオス。

「びっくりしたよ、ブック。脅かすなよ」

「ごめん、ごめん」

いまにもそうしゃべりそうな顔でブックは見上げてくる。

「もしかして遊んでほしいのか」

ぱたぱたとブックは尻尾を振った。

「悪いな、今日はちょっと駄目なんだ。うちに新しい子が来たんだよ」

段ボール箱の中をブックに見せる。ブックは背伸びをしてにおいを嗅いだ。すんすん、すんすん、と鼻を鳴らしながら嗅ぐ。興味津々といったふうだ。

「三ヶ月の女の子だよ。紀州犬《きしゆういぬ》とどっかの犬の雑種なんだって。かわいいだろ。もうちょっと大きくなったら遊んでやってくれよな」

このラブリ商店街には犬を飼っている家が何軒かある。それら飼われている犬のリーダーがブックだった。彼に特定の飼い主はいない。誰もが餌《えさ》をやり、暇のある人間が散歩に連れていき、軒下や玄関先を寝床として貸してやっている。いちばん世話をしているのは焼き鳥屋の鳥信の若松さんだ。毎日体を拭いてやり、一ヶ月に一度はシャンプーまでしている。

つまるところ、ブックはそんじょそこらの野良犬とはちょっと違う。商店街みんなで飼っているセレブな野良犬と言ったらいいだろうか。そんなふうに世話をしてやりたくなるほどブックは立派な容姿をしていて、頭もよく、甘え上手な子だった。

「またな。おやすみ」

ブックに手を振る。ブックは首をかしげて思案顔となる。

「今日は遊べないの。ブックもハウスして眠りな」

おれの言ったことを理解したらしい。くるりと背を向けて、閉店時間が過ぎて真っ暗になった夜の商店街へ去っていく。その背中が心なしか寂しげに見えた。おれは心の中で語りかける。

「ブックはもう吹っ切れたかい。おれはまだだよ」

半年前、うちの長女が十一歳で死んだ。と言っても犬のニキのことだ。

ニキはゴールデン・レトリーバーのメスで、大腸がんで死んでしまった。フランスにニキ・ド・サンファルという芸術家がいたらしい。真希子はその女性のアーティストが好きで、大学生のころには那須《なす》にあった美術館に通っていたそうだ。うちの長女はその名前をもらってニキと名づけられた。

我が家にニキがやってきたのはおれが三十歳のときのことだ。真希子はひとつ年下なので当時二十九歳。結婚して五年が経っていたのに子宝に恵まれず、寂しさもあって迎えた犬だった。

ニキがやってきてから二年後、やっと莉奈を授かった。なので我が家ではニキが長女、莉奈が次女、なんて冗談交じりに言っていた。けれども、おれが考えていた以上にニキは真希子にとって本当の娘だったらしい。

一年間の闘病生活の末にニキが旅立つと、真希子は心身ともに調子を崩してしまった。眠れないという。食欲がないという。七キロも体重が減った。家事もろくにできない。些《さ》細《さい》なことで泣き出し、ふいに二階の物音に耳を澄ましては、「ニキが帰ってきた気がする」

なんて口にした。

いわゆるペットロスというやつだ。でも、その単語を会話の中で出したら、真希子が血相を変えて怒った。

「ペットなんて言わないで！　ニキは家族だったのよ！」

九歳になった莉奈も、前触れもなく突然わっと泣き出す真希子を見て困惑していた。泣き続ける母親にどう接したらいいかわからなかったことだろう。泣くのは自分の役目くらいに思っていた節《ふし》のある莉奈が、いつしか駄々をこねなくなった。気づけばこわいくらい手のかからない子になっている。

幼いうちに身近な命の死を体験しておくのも、莉奈の情操《じょうそう》教育のためにいいんじゃないだろうか。最初はそんなことを考えていた。しかし、悲しみに耐えるというよりも疲弊《ひへい》を莉奈から感じるようになって、このままではいけないと思うようになった。原因はもちろん真希子だ。彼女の神経質すぎるところが莉奈にマイナスの影響を及ぼしていた。

廊下を抜き足差し足で歩き、仰々《ぎょうぎょう》しい感じでリビングのドアを開けた。

「ただいま！　ジャーン！」

笑顔で段ボール箱を掲げてみせる。真希子はソファで毛布をかけて眠っていて、ぴくりとも動かない。そのソファに背中を預けて漫画を読んでいる莉奈が顔を上げた。

「パパ、その箱どうしたの」

時間は夜の九時半。いつもなら早く寝なさいと叱られる時間だ。小言を恐れてか莉奈は上目遣《うわめづか》いで尋ねてくる。

「実はパパね、子犬をもらってきたんだ」

「子犬？」

段ボール箱をカーペットの上に置く。もともとはただのフローリングの床だった。ニキが闘病生活に入り、足腰が弱くなり、フローリングでは足を滑らせて危ないのでカーペットを敷いた。以前は廊下にも赤いカーペットが敷かれていた。

「アカデミー賞のレッドカーペットみたいじゃないか」

がんが治ると信じていたころは、そんな冗談を言う余裕が我が家にはまだあった。

子犬が目を覚ました。箱の中で寝ぼけまなこで立ち上がる。眠り足りないのか、立ったままゆらゆらと舟を漕《こ》いでいる。

「かわいいだろ」

莉奈に微笑みかける。だが、おれは困惑してしまった。莉奈がまったく笑っていない。子犬のこんな愛らしい姿を見ても無言のままで、おれと目も合わさない。

しゃべらなくても莉奈の気持ちはわかった。彼女の全身から、これじゃない感が漂っていた。こんなの莉奈の欲しい犬じゃない。犬はニキみたいな子じゃなきゃいやだ。ていうかニキじゃなきゃいやだ。

真希子はニキを溺愛していた。そうした姿を見て育ったためか、莉奈もニキをとても大切にしていた。母娘が連れ立ってニキの散歩に行く姿を見送るのが、おれは大好きだった。

莉奈にとってニキは最初の友達にして、頼りがいのある姉。長い毛を太陽の光で黄金《こがね》色に輝かせながら走る美しい姉だった。たしかに段ボール箱でうつらうつらしているこの子じゃない。

「どうしたの、それ」

もそもそと真希子が立ち上がった。家着のスウェットを着て一日を過ごす。仕事はしていない。かつてはショッピングモール内のアウトドアショップで働いていた。蛍光ピンクのユニフォームだってすてきに着こなせるほど若々しかったのに、いまはグレーのスウェットがお似合いの瑞々《みずみず》しさのない四十歳の女になってしまっていた。ニキの闘病生活を経て、ほうれい線がやけに目立つようになった気がする。

「里親募集のサイトで見つけたんだ。まだ三ヶ月の女の子。紀州犬の雑種なんだって。最近は雑種って言わないでミックスって言うんだろ」

「ふざけないで！」

びりびりと部屋が震えた。きっと隣近所にまでいまの声は聞こえただろう。莉奈はぎゅっと身を縮こめて必死に存在を消している。ここにいないものと見なしてもらおうとしている。以前だったらとっくに泣き出していた。泣いたら母の真希子の心を乱すとわかっているから、ぐっとこらえているのだ。

「そんな怒鳴ることはないだろう」

莉奈の前なので和やかに笑顔で言う。

「わたしへの当てつけ？　もうニキはいないんだって言いたいの？　それとも代わりの犬でもあてがっておけばいいなんて思った？」

「おいおい、そんなつもりじゃ」

「ねえ、柚彦《ゆずひこ》。前にも言ったけど、わたしの犬はニキしかいないの」

四十九日が過ぎても真希子は骨壺《こつつぼ》を寝室のベッドサイドチェストの上に置いたままだ。その骨壺を布団の中で抱きしめて真希子はいつもつぶやく。

「もう二度と犬は飼わない」

「ニキがわたしにとって最初で最後の犬なの」

「ほかの犬と暮らしてニキの思い出が薄まるのはいや」

「犬にまつわる記憶はすべてニキのものにしておきたいの」

ニキへの執着が異様に強い。彼女のニキへの気持ちは大切にしてあげたいと思う。しかし、今日ここで引き下がったらなにも変わらない。莉奈のためにならない。おれは段ボール箱を抱えて立ち上がった。

「わかったよ。真希子の犬はニキしかいない。それはそれでいいよ。だから、この子はおれの犬にする。おれが名前をつけて、おれが散歩に連れていって、おれがしつけから病院から全部の面倒を見るよ。それならいいだろう。おれは今日からこの子と二階の納戸部屋で寝るからな」

呆気《あっけ》に取られている真希子と莉奈を置いて二階への階段をのぼった。子供をふたり授かりたいと願い、二階はふたつ部屋を作った。ひとつは莉奈の部屋となっている。もうひとつは洗濯物を干したり物置代わりにしたりの納戸部屋となった。古い革張りのソファがひとつ置いてあるだけの簡素な部屋だ。今夜からはここでこの子犬と過ごすと決めた。日当たりもいいし、ベランダにも出やすい。

「名前を決めなくちゃな」

眠る子犬におれはそっと声をかけた。

家中至るところにニキの写真が飾ってある。納戸部屋にもだ。ソファに寝そべったままでも、本棚に飾られたみっつの写真立てが見える。

ひとつは初めてニキを我が家に迎えたときのもの。ブリーダーの方が記念にと撮ってくれた。生後三ヶ月のニキをおれが抱いている。その隣にいる真希子は満面の笑みだ。もともと大型犬を家で飼いたいというのが結婚当初からの彼女の願いだった。

真希子は心が強いほうではない。働きに出れば仕事を覚えるまで誰だって一度は叱られるもの。しかし、そのたった一度の叱責で彼女はくじけ、電話一本入れただけで仕事を辞めてしまう。仕事がなんとか続いても、職場の人間関係に嫌気が差せば辞めてしまった。いったい仕事をいくつ変わっただろう。残念なことに両手では数えきれない。

仕事を辞めたあとの真希子はいつも同じことを言っていた。

「もし犬が家にいたら、どんなに仕事がつらくても、どんなに職場の人たちがいやな人間でも、家で楽しく犬と過ごせるだろうから仕事は続けられるのに」

でも、おれは犬を飼うことに反対した。家を建て替えたばかりだったからだ。

おれの実家はかつて商店街で牛乳配達業を営んでいた。戸田《とだ》乳業販売店と言った。しかし、おれと真希子が結婚した年に閉店した。営んでいた父と母が長野に行かなければならなくなったからだ。

父は長野にある浄土真宗の寺の生まれで、その寺は三人兄弟の長男が継いでいたのだが急逝《きゅうせい》してしまった。長男には子供がいない。寺は門徒の数も多く、誰かが継がねばならなくなり、得度を済ませていた次男であるうちの父に白羽の矢が立ったというわけだった。

戸田乳業販売店はおれが継いだらどうか、という話もあった。特に商店街の人たちからは。けれど、父が反対した。おれは市役所勤めをしている。そっちのほうがどう考えてもいいだろう、と。牛乳はもう配達するものじゃなくてスーパーマーケットで買ってくるもんだ、とも。

父と母が長野へ引っ越したあと、それまでアパートで暮らしていたおれと真希子は実家へ移った。牛乳配達業の店舗はもう必要ないからと、普通の住宅へと建て替えた。新しくてぴかぴかの家だ。そこへ犬を上げるのはいやだったし、まずは子供だろうという考えもあって、犬を迎えたいという真希子の主張に反対したのだった。

ただ、反対はしたものの迷いはあった。なにせ心が不安定になったときの真希子は、苛立ちと虚無を行ったり来たりでこちらとしてはお手上げの状態になる。苛立っては泣き、勤め先の人間を悪《あ》し様《ざま》に言い、聞く耳を持たないと言っておれを罵《ののし》る。おれにだって仕事がある。常に寄り添うことは難しい。おれの代わりに寄り添う存在がいたほうがいいのかもしれない、と迷ったのだ。

そのうち真希子が虚無から帰ってこなくなった。無反応で無表情。そばにいるおれが見えていない。ベッドの上で丸まり、浅い呼吸を繰り返しているだけ。そんな彼女を見ると、罵られているときよりもこわくなった。

安定が訪れるのならば。おれは意を決してゴールデン・レトリーバーのブリーダーのもとへ真希子と赴《おもむ》いた。彼女がひと目で気に入ったのがニキだったというわけだ。

ふたつめの写真立てはカメラのセルフタイマー機能を使い、莉奈の四歳の誕生日を祝って撮ったもの。ダイニングテーブルには丸いケーキが置かれ、おれも真希子も莉奈もカメラ目線でVサインをしている。テーブルの奥ではニキがおすわりだ。

ニキが来てから真希子は本当に安定した。莉奈が生まれ、さらにしっかりした。子供を産むことへの不安や、莉奈を連れての公園デビュー、ママ友格差なんてものに躓くこともあったが、いつでも寄り添い、見つめてくれて、抱きしめられるニキの存在が大きかったみたいだ。

写真に写るおれも真希子も莉奈もみんな笑っている。おまけにニキまで口角が上がって微笑んで見える。あのころおれは奇跡のような日々を過ごしていると思った。人として弱かった真希子が、母として強く生き、毎日笑っている。待望の莉奈が生まれ、順調に育ち、幼稚園でも友達ができた。共通の話題としてその日のニキにまつわる出来事が夕食時にテーブル上で披露された。ニキがしたいたずらや、利口で感心したこと、ニキが遊んだ犬の友達についてなどなど。

やはり、家族に奇跡をもたらしたのはニキなんだろう。真希子は占いが好きで、ラブリ商店街にある占い屋に行ったら、こんなことを言われたそうだ。

「あなたのうちに犬がいるでしょう。その子があなたの家に幸福を運んできてくれて、あなたの家を守ってくれてるのよ」

占いや霊能力なんてものを信じないおれでも、その占い師の言葉には素直に頷けた。それほどニキがもたらしたものは大きかったのだ。

ソファから起き上がる。家族団欒《だんらん》の写真を手に取り、まじまじと眺める。奇跡がもたらされて初めておれはちゃんと一家の主になれたと思えた。古い考えなのは重々承知だが、家族という単位での幸せを形にでき、やっと男として責任を果たせたように感じたのだ。

もちろん、ニキによる奇跡の日々に終わりがやってくることは承知していた。ニキは必ずおれたちより先に旅立つことが約束された長女だからだ。まさか病気によって奇跡の日々が絶たれるとは予想もしていなかったが。

大型犬の十一歳はかぎりなく寿命に近い。それでも、もっといっしょにいられると思っていた。老犬の介護についてだって勉強し始めたところだったのに。

ニキが死んだときの真希子の悲嘆はあまりにも深かった。ニキの死後一ヶ月は毎日というより二十四時間泣き喚《わめ》き、おれの泣く隙《すき》がないという状態だった。莉奈の手前おれまで泣き崩れるわけにいかず、家の中では涙を見せないようにした。真希子はそんなおれを不思議なものでも見るかのような目で見ていた。泣かないなんて信じられない、というふうに。

「でもな」

絶対に面と向かって言うことはない言葉を、写真の中の真希子にぶつける。

「でもな、おれだってすんげえ悲しくて苦しかったんだからな」

がんが発覚してから毎日神社に行って手を合わせた。ニキを治してくださいと祈った。祈りも虚しく病状が進行していくに従って、おれの願いも変わっていった。

「治らないなら、せめてあと三年いっしょにいさせてください」

「それが叶わないなら、おれの命をニキに三年分あげてください」

「おれの命を全部あげてもいいからニキを助けてやってください」

ニキはおれの犬でもあったんだ。まぎれもなくおれの娘だった。

最期の姿を思い出して涙が出てきた。写真立てを本棚に戻す。視界の端にみっつめの写真立てが目に入り、にやりと笑ってしまった。涙を手の甲でぬぐう。

みっつめの写真。それは我が家のワンボックスカーの最後部にある収納スペースに、ニキとブックが並んでおすわりしているものだ。

ニキはあまり車が好きじゃなかった。腕がいいと評判の動物病院が隣町にあって車で通っていたのだが、車に乗ると嫌いな診察室へ連れていかれると刷りこまれてしまったようだった。

それを変えてくれたのがブックだ。ブックはなぜか車に乗るのが大好きだった。ニキとは逆に車に乗れば楽しいところへ行けると考えているのか、隙あらばうちの車に乗りこもうとした。おれが玄関から車の鍵をちゃらちゃらと鳴らしながら出ていけば、ブックはいずこからともなく姿を現し、うちの車のスライドドアの前でおすわりをするのだ。また、商店街に駐めてある車ならなんでも乗りこむ常習犯らしく、宅配便や清掃業者が車から離れたちょっとの隙に、乗って待っていたという話も聞く。

そしてあれはニキのがんが発覚する前のことだ。ニキを連れて車で出かけようとしたら、庭のウッドデッキの下に逃げこんで出てこなくなってしまった。

「どうした、ニキ。病院じゃないよ。お買い物に行くんだよ」

呼びかけてもニキは出てこない。ウッドデッキの下を覗きこむと、どうにも手が届かないところにニキはいて、怯《おび》えた目でこちらを見ていた。おやつで釣ろうとしても、頑として動かない。真希子や莉奈と困り果てているとそこへふらふらとブックがやってきた。

ブックは開けてあったハッチドアからうちのワンボックスカーにひらりと飛び乗った。叱ろうとしたその瞬間、ブックがニキのいる方向を見て楽しげに吠えたのだ。

「うぉん」

明らかに誘いの吠え方だった。きっとこう言っている。

「ニキ、ドライブ行こうぜ！」

そろそろとニキがウッドデッキの下から這《は》い出してきた。あたりの様子を窺いながらゆっくりと歩き、ブックを見つけると一目散に駆けて車の収納スペースへ飛び乗った。ブックといっしょなら病院には行かない。そう考えたのだろう。

その日は御殿場《ごてんば》のアウトレットへ向かう予定だったが、ブックが同乗したので行き先は変更。県境にある貯水湖へ向かった。芝生の土手が広がっていて、そこで二匹をたっぷり遊ばせた。

「ほら、車に乗っても楽しいことがあるだろ」

ニキを撫でながらおれは何度も教えこんだ。ニキはつぶらな瞳でおれを見上げ、ゆるゆると尻尾を振った。その日以降、ニキは車に乗るのをいやがらなくなったのだ。

よくよく考えてみればブックは不思議な犬だ。いつごろからラブリ商店街に現れたのかおれは知らない。そもそもおれはニキを迎え入れるまで犬というものを気に留めさえしなかったのだから。

いまのブックの年齢はニキと比較して察するに、七、八歳というところだろう。晩年、ニキは顔が白髪で覆われていった。口元から目の周辺までみんな真っ白になった。なぜか耳や頭の毛は元の黄金色のまま。よって毛は白と黄金色の二色に分かれた。生え際の形からミッキーマウスに似ていなくもなかった。その点、ブックはいまだ白髪が出ておらず、足腰もしっかりしていて目の力も強い。七、八歳というおれの見立てもあながち外れていないと思う。

ニキとブックの相性はとてもよかった。じゃれ合ったり、寄り添ったり、駆けっこをしたり。ときどきは我が家で二頭の犬を飼っているような気分になったもんだ。

見ているかぎりではブックから積極的にニキにアプローチしているふうだった。年下のきれいなオスから言い寄られて、ニキもまんざらでもないようだった。ブックのアプローチはニキが歳を取っても変わらず、ほかのメスに見向きもしなかった。真希子もそんなブックをかわいいと思うようになったようで、よく撫でてやっていた。

「ブック、本当にニキでいいの？　もっと若い子はたくさんいるわよ」

そんなことを言いながら。

「ブックは本当にニキひと筋だよな」

おれがわざと呆《あき》れ気味に言うと、真希子はブックの顔を覗きこんだ。

「ブックは熟女好きなんだよねえ」

あの会話を交わしたときニキは十歳を迎えていた。人間の年齢に換算すれば熟女も熟女。というよりおばあちゃんだ。おれと真希子はマニアックなブックを前にして笑い合った。

我が子かわいさで言うなら、ニキは美しい子だった。近所の犬の中でとびっきりの美形で、ゆったりとした動きや柔和な表情や穏やかな性格から、この近辺での犬の王女様のように思っていた。真希子なんてときどき「ニキ王女」とか「ニキ様」なんて呼んでいたくらいだ。

一方でブックも風格のある美しい犬だった。ニキにつきまとう彼はさしずめ王女に惚れた王子様。ニキとブックの美しい大型犬が並んで歩いている様子は、なんだか厳かな雰囲気まで醸《かも》し出していて、おれたち家族はみんな誇らしげな心持ちで眺めたものだった。

名前はミルクに決めた。真っ白な子犬だからだ。そして、理由はほかにもある。ニキが死んだあと、おれはニキ・ド・サンファルのプロフィールを調べてみた。彼女は芸術家としてすばらしい功績を残していたが、実際の人生はあまり幸せとは言えなさそうだった。やっぱり、名前って大切だ。幸せになった人間から取るべきだったのかもと思った。

かつてラブリ商店街には名づけ名人の商店街会長がいた。ラブリ商店街のラブリという名を決めたのもその会長だし、おれの名前の柚彦もその人がつけてくれた。

うちの庭には柚子《ゆず》の木がある。その木陰はニキのお気に入りの場所でもあった。庭に出してやるとたいていはそこで伏せをして、笑顔でくつろいでいた。

柚子の木が実をつけるのは十一月。その月におれが生まれたので、会長は柚彦と名づけたのだそうだ。小学生のころは変な名前とばかにされ、大嫌いな名前だったが、大人になるにつれて褒めてくれる人が圧倒的に多くなった。柑橘《かんきつ》系のさわやかな雰囲気があるとまで言われた。いまは亡き会長に感謝している。

その会長は我が家がニキを迎え入れた時分は存命で、立ち話のついでに名前の相談をしたことがあった。

「ミルクがいいだろう」と即座に言われた。「おまえんちが牛乳屋をやめてしまって残念だったからな」

そのミルクという名は真希子にあっけなく却下され、ニキに決まってしまったわけだけれど。

ともかく、そうしたやり取りが心に残っていて、おれは白い子犬にミルクとつけた。ミルクの世話は子犬ゆえにとても大変だった。まず話が通じない。もちろん、相手は犬なので人間の言葉が通じないのは当たり前だが、ニキはこちら側の話していることを身振り手振りこみで理解できていた。「待ってて」「もっと食べる?」「今日はもうおやすみ」「ニキもいっしょに行くか?」「撫でてほしい?　おやつがいい?」などの日常会話なら、問いかければ反応があって意思の疎通ができたのだ。

でも、ミルクは駄目だ。幼いからしかたないとはいえ、じゃれる、暴れる、要求吠えをする。これらは利口なニキがしなかったことでもある。目覚めているあいだは始終動き回り、動かなくなるのは疲れきったときだけ。電池が切れるまで動き続けるおもちゃのようだ。

「やんちゃな姫がやってきてしまったぜ」

納戸部屋でひとりおれはため息をついた。ニキのような王女までの道のりは果てしなく遠かった。

毎朝、一時間早く起きて散歩に連れていった。日中はケージの中で待っていてもらう。おれが配属されている市役所の課は、五時五分には居酒屋で乾杯しているとまで言われる残業のないところ。夕方は明るいうちに散歩へ行けた。

夕方の散歩は長めに行った。疲れさせないと夜中にごそごそと動き出すので、散歩中に目一杯遊ばせて疲れさせる必要があった。目一杯遊ばせるにはおれもけっこう動かねばならず、毎日ぐったりして眠りに就いた。

そんなおれに対して真希子も莉奈も冷ややかだった。ニキを溺愛していた真希子はいざ知らず、莉奈までおれに壁を作った。思えばニキが死んだとき、莉奈も泣きながら言っていたのだ。

「もう二度と生き物は飼わない。命のあるものは飼わない！」

真希子が二度と犬を飼わないと宣言したことと、趣旨はちょっと違うのだが飼わないという点では同じで、母と娘は共同戦線を張っているのだった。しゃべってくれないし、目も合わせてくれない。ミルクを連れてきたおれへ冷たく当たる真希子の姿に倣《なら》っているようだ。娘って母をまねるものだから。

とはいえ、九歳の莉奈がおれに対してあそこまで徹底的に冷たい態度を取れるなんて驚いた。女子の大人びたこわさを久々に思い出した。小学生のころ、ふざけて授業の進行を遅らせるおれを、本気で叱るこわい女子が何人もいたっけ。

仕事で疲れて帰ってきてはミルクの世話に追われる日々。安らぐ暇などない。しかも家族の協力はなし。そんなおれの唯一の味方になってくれたのがブックだった。

商店街の南には野球場とサッカー場の両方が作れるほど広い空き地がある。夕方の散歩は鉄線のあいだをくぐり、その空き地でミルクを放して遊ばせる。まるで放牧状態だ。毎日そこへ通っているうちにブックが顔を見せるようになり、ミルクと追いかけっこをしてくれるようになった。二回目のワクチン接種も終わったので、ほかの犬とも存分に遊ばせられる。

「それ、行ってこい！」

ミルクの背中を叩くとブック目がけてどたどたと走っていく。生後三ヶ月のミルクはまだマズルが短く、顔は丸い。これからどんどん顔が縦《たて》に伸びていくんだろう。足もまだ短くて、走るフォームも不恰好《ぶかっこう》だ。ゴム毬《まり》が弾《はず》むみたいな感じでブックを追いかけていく。

ブックは遊びの相手をしてやるのが上手だった。足の遅いミルクを待ってやり、追いつきかけたらひらりと逃げる。ときには頭を低くして腰を上げ、尻を左右に振っての遊ぼうポーズで誘う。ミルクは興奮して飛びかかるが敵うはずもなく、弾き返されて仰向《あおむ》けに倒れる。それでも楽しいらしくて何度も飛びかかった。ブックはわざと腹を見せるようにして寝そべり、ミルクが飛びかかってくるのを待ってやったりもした。

「おまえ、大人だな」

興奮もせず余裕の態度で遊んでやっているブックに語りかける。

「当然でしょう」

にやりとブックが笑ったように見えた。

毎日ブックにたっぷりと遊んでもらい、犬同士の遊びの中で力加減も覚え、ミルクが日増しにいい子に成長していくのがわかった。甘噛みと要求吠えをしなくなった。犬の世界での社会性を身につけ、無駄に噛んだり吠えたりしてはいけないと学んだのかもしれない。おもらしも止まった。ソファやごみ箱などなんでも齧《かじ》りついていたのに、それもしなくなった。遊び足りないというストレスがなくなったからかもしれない。

聞き分けもよくなっていった。「待て」「おすわり」「お手」「伏せ」「駄目」「よし」と命令を出せば理解して行動できるようになった。少しずつだが王女への道のりは前進しているようだ。

ミルクとの生活が軌道に乗り、楽しくなってきたある日のことだ。納戸部屋でミルクにごはんのドッグフードをあげていると、ノックもせずに莉奈が入ってきた。

「お、どうした」

莉奈がこの部屋に入ってくるのは初めてで、おれは驚いた。

「ミルクに挨拶に来ただけだよ」

そっけなく言うと莉奈はミルクの前にしゃがみこむ。

「ごはんを食べているところだから近づくと怒られるぞ」

「大丈夫だよ。おやつ食べてるときとかいつも近づいてるけど平気だもん」

「いつも？」

莉奈が言う通り、近づいてもミルクは怒らなかった。それどころか、食べるのを中断して尻尾を振って莉奈にじゃれついた。呆気に取られていると莉奈が澄まし顔で言う。

「昼間ずっとこのお部屋でミルクが留守番しているのかわいそうだから、わたしがときどき遊んでやってるんだよ」

ミルクは床の掃き掃除をしているんじゃないかってくらい尻尾を左右に激しく振る。その振り方からして、ときどきどころかだいぶいっしょに遊んでやっているようだ。すっかり懐いているじゃないか。

「そうか、そうだったのか。ありがとうな、莉奈」

「これからもときどきだったら遊んであげてもいいよ」

莉奈はミルクの背中をやさしく撫でた。あくまでも莉奈の立場は父であるおれよりも上のようだ。

「そうしてくれるとお父さん助かるよ。ときどきでいいから、よろしく頼むな」

「はーい」

つれない返事だ。でも、内心喜んでいるのは伝わってくる。素直に喜べないのはきっと真希子に気兼ねしているからだ。ミルクと親しくすれば真希子を裏切ることになる。しかたなしにミルクの面倒を見るといったポーズが莉奈には必要なのだろう。

莉奈が二度と生き物を飼わないと言ったときは驚いた。悲しい記憶を植えつけてしまったのではと心配もした。生き物を飼ってもどうせ死んでしまう。そう考える子になってほしくなかった。だから、今回ミルクに触れようとする心の動きがあって、おれは心底ほっとした。

真希子のようにニキを愛し、いつまでも思い出の純度が高くあってほしいと願い、新たな犬を迎えないと拒絶するのもひとつの正しい考え方だろう。けれど、おれは違う考え方に至ってしまった。それはこういう考え方だ。

もうなくなった命より、いま生きている命のほうが大切だ。

いま生きている莉奈が、ニキの魂に執着する真希子の目を気にして、感情や考えを抑えこむのはよくない。いままさに生きている莉奈のほうがなにより大切なはずだ。

ニキには散歩コースや公園に犬の友達がたくさんいた。それら犬の飼い主から、真希子はニキママと呼ばれていた。飼っている子の名前にパパとかママをつけて呼び合っているのだ。

ニキママはニキの日常を綴《つづ》ったブログを書いていた。ニキが旅立ったあともぽつりぽつりと書いていて、おれはこっそり読んでいる。

胸が痛むのは〈ニキママの願いはただひとつ、もう一度ニキを抱きしめること〉とか、〈天国でニキに会えるなら長生きしなくたってかまわない〉なんて文章を目にしてしまったときだ。その気持ちは痛いほどわかる。おれも自分の命なんかどうだっていいと考えていたから。

しかし、真希子には申し訳ないが、いまはニキママではなく莉奈ママとして生きてほしい。旅立ってしまった命より、いま生きている命に寄り添ってほしい。

莉奈が鉄線をくぐり、空き地の真ん中へ駆けていく。雑草を蹴散《けち》らし、土埃を上げながら。その背中をブックが追っていく。まだリードにつながれたままのミルクは彼らを追いかけたくてきゅんきゅん鳴いた。

「なんだ、おまえも早く行きたいのか」

ミルクは生後四ヶ月となった。顔つきが大人っぽく変わってきた。黒目がちの瞳をおれに向け、早く行かせてくれと懇願《こんがん》する。

「よし、行ってこい」

首輪からリードを外す。ミルクは猛ダッシュで莉奈とブックを追った。先日、莉奈といっしょに新しい首輪を買いに行った。真っ赤な首輪がいいと言う。実際につけてみると真っ白な体に真っ赤な首輪はまるで定められていた様式美みたいによく似合った。

あっという間にミルクが追いつく。運動能力も日に日に上がっている。直線距離の追いかけっこではブックに敵わないが、小回りを利かせての追いかけっこならば追いつきかけることがある。

二匹がぐんぐんとスピードを上げると、莉奈はもう追いかけっこに加われない。

「ブック、逃げて！」

「ミルク、頑張って！」

その場でぴょんぴょん跳ねながら二匹を応援する。両方を応援するというやさしさが、おれはうれしいし、微笑ましい。にたにたしながら腕組みで眺めてしまう。

追いかけっこに飽きてきたらボール投げだ。これも二匹で競争する。莉奈は最初のうちは投げるのだが、ブックとミルクがしつこいくらい何度も投げろとせがむので、疲れておれの出番となる。高校時代は野球部に入っていて強肩《きようけん》で鳴らしたおれだ。助走をつけて夕焼けに染まった空を目がけて黄色いテニスボールを投げる。ボールは空き地の端すれすれまで飛んでいく。

「お父さん、すごーい」

莉奈が満面の笑みで拍手してくれる。おれはまたもやにたにたしてしまう。健《すこ》やかな時間が少しずつ取り戻せているのだと思う。家の外では。

ミルクと連れ立って莉奈が遊びに行くことを、真希子は咎《とが》めることはなかった。ミルクに対しても悪い感情を抱いているわけでもないようだった。それは本当にありがたいことだ。

莉奈がおれに靡き、おれと莉奈とミルクが仲間といった形になり、真希子が孤立してしまうんじゃないか。そういう恐れはあった。しかし、そうした家族内での線引きはされなかった。真希子はちゃんと母であり続けてくれた。

おれは莉奈が生まれる前の、それからニキが我が家に来るもっと前の、弱い真希子を知っている。あの弱い二十代の彼女が戻ってきてしまうかも、と正直に言えば恐れていた。だが、真希子は真希子でニキと生活し、莉奈を産み、強く成長していたようだ。おれと莉奈とミルクが散歩に出かけるのを、やさしい眼差しで送り出してくれた。そうした彼女の姿を見たら、抱きしめたくなるくらいいとおしくなった。おれはこの一ヶ月ちょっとを納戸部屋でミルクとともに眠り、仕事から帰ってきても逃げこむようにして閉じこもっていた。ある意味、真希子を避けていた。それを深く反省した。

ニキの大腸がんは一年ほどかけてゆっくりと進行した。高齢で手術は難しいため、抗がん剤治療で長期寛解を目指した。血液検査やレントゲン、ＣＴスキャンによって症状の悪化がわかるたびに、運命という名の身勝手で理不尽な力に、内臓を心ごと鷲掴《わしづか》みにされるような痛みを覚えた。

どうしてうちの子が病気なんかに。なぜ寿命まで過ごさせてくれないのか。悲憤《ひふん》と呪詛《じゅそ》にまみれた一年間だった。

後悔もたくさんした。がんが発覚する一ヶ月前の検診ではなんともなかった。だが、十歳を迎えていたのだから、もっと詳細な検診をしてもらえばよかった。セカンドオピニオンを求めてほかの病院にも行った。がんが治ったという例をインターネットで探しまくっては、効果があったという漢方薬や怪しげな水を取り寄せもした。おれでさえ心がずたずたになる一年だった。溺愛していた真希子はさぞかしつらかっただろう。ニキママはブログに綴っている。

〈悲しくてつらくて頭がおかしくなりそうだ〉

〈こんなに寂しいならニキのいる天国へ会いに行ってしまいたい〉

真希子のニキへの深すぎる愛について思いを馳《は》せるたびに、結婚式の準備をしていたころの記憶がよみがえる。

おれが真希子の実家へ挨拶に行くのを彼女はとてもいやがった。実家が裕福とは言えない家庭だったからだ。真希子の母も精神的に脆《もろ》いところのある人だった。父は軽自動車による運送業をやっていて、きっちりと働いているようだったが、若いころに起業してうまくいかなかった過去があり、かなりの借金を背負っていると聞いていた。

実際に家に伺ってみると、いかにも昭和な古びた木造二階建てアパートの一階に真希子とその両親は住んでいた。家具も家電製品も生活用品も服もみんなくすんで見えた。新しさというものをかけらも感じられない家だった。

世の中にはお金がないと口にしながらも、家も車も家電製品もぴかぴかに新しい人たちがいる。それは単にあるお金を使ってしまってお金がないという状態。貧しいのとは違う。真希子の家は真の意味で貧しかった。端《はな》からお金がないのだ。結婚式も両親ふたりが式に着ていく服がないので参加したくないなんて言い出すありさまだった。その件についてはこちら側がお金を出し、レンタルで済ますことができたのだが。

結婚式のウェルカムボードでは、真希子の小学生のときの絵が飾られた。彼女の将来の夢が絵として描きこまれていた。その中心に描かれていたのが、庭のある家で大きな犬を飼って笑っている少女の姿だった。つまるところ、ニキとの暮らしは真希子が幼いころから切実に願っていた夢の結晶だったのだ。

ニキを失ったことで真希子の胸に開いた穴は、ニキ以外のどんなものでも塞ぐことはできない。他人にはもうどうにもならない。

でも、その穴が深くて暗いだけのものになってほしくない。ニキと暮らした日々が、悲しみの元にしかなっていない状態から脱け出してほしい。あの日々がまぶしいくらいの道標になってほしい。

そのためにもおれはもうこれ以上、真希子を避けてはいけない。向き合わなくては。

莉奈が二階の子供部屋で眠ったころを見計らい、寝ていたミルクを抱いて一階のリビングルームへ向かった。ミルクを一階の真希子のところへ連れていくのはこれが初めてになる。ミルクは昼間ブックとさんざん遊んだせいで眠そうだ。おれの胸の中でうとうとしている。

おれは緊張をやわらげるためにミルクを抱きしめた。真希子があからさまな拒絶を示すかもしれない。彼女はミルクだけでなく、ブックや街中の犬まで拒むようになっている。犬たちの視線やしぐさやぬくもりが、ニキの記憶と混ざるのを嫌っているせいだ。ブックなんて何度無視されたことか。

リビングのドアの前に立ち、深呼吸をする。ミルクを包みこむように抱き直し、ドアノブに手をかけた。

「大丈夫」

小声で自分に言い聞かせた。いまの真希子は二十代のころの弱い彼女ではない。丁寧《ていねい》に伝えて、やさしく手を差し伸べれば、応じられるだけの強さがあるはずだ。

ドアを開けると真希子はちょうどパソコンに向かい、ニキママになってブログを書いているところだった。なんの気なしに振り返った彼女は、おれの懐《ふところ》にいるミルクを見てぎょっとした。

「どうしたの」

「そろそろ真希子もこいつとちゃんと挨拶したほうがいいんじゃないかなって思ってさ」

真希子は顔を背けがちにし、横目でミルクを見る。

「こわがることはないよ。寝ぼけているし、体重だってニキの半分もないんだから」

ミルクを真希子の胸元へ差し出した。彼女はまるでホラー映画で殺される寸前の女優みたいに目を見開いて首を振った。

「なんなの、これは。いやがらせ?」

「だから挨拶だってば」

「わたしはあなたに再三言ってきたはずよ。わたしにとってニキは最初で最後の犬なの。ほかの犬になんて触れたくないの」

いつもならここで話は打ち切られていた。おれは重く頷いてから、彼女の胸に開いた深い穴にゆっくりと下りていくことを決めた。

「そういう気持ちってとても大切なことだし、そんなふうにニキを深く愛している真希子をおれは尊敬するよ。でもさ、ほかの犬に触れたくらいでニキの記憶って薄まってしまうものなのかな。そんな儚《はかな》いつながりだったのかな」

真希子は小さく首を振った。

「じゃあ、なにをそんなに拒《こば》んでるんだ。こわいことでもあるのか」

「こわいこと?」

「真希子が不安がっているように見えるからさ」

ミルクが体をよじって体勢を変えようとしたので、きっちりと胸に抱き直した。真希子はうなだれて視線を落とす。深い暗闇を覗きこんでいるかのようだった。その暗闇にいったいなにがあるんだろう。

「いまだから言うけど、おれは最初はニキを迎えるのは反対だったんだよ」

おれはおれで胸の中のものを洗いざらい話さなければ、彼女も打ち明けてくれないと思った。

「どうして」

「まず金を出して命を買うのがいやだった。特にペットショップは嫌いだ。命に値段がつけられて並んでいるなんて、なんて悲しい場所なんだろうと思う」

言っていることはわかる、とばかりに真希子が頷く。

「犬を迎えるのは真希子の願いだったから叶えてあげたかったし、そのあとニキを含めたファミリーという単位での幸せな生活を送れてよかったと思っている。これは本当だよ。だけど、罪悪感があった」

「罪悪感？」

「おれはね、結婚してすぐの調子のよくなかった真希子と過ごしたころや、莉奈を授かる前のふたりだけの寂しい日々に比べて、ニキを迎え入れて莉奈を授かったあとの日々は奇跡が訪れたってくらいに思ってたんだ。でもさ、あの奇跡は前借りしたからなんじゃないかな。ニキという命をお金で買って、それでやってきた幸福なんじゃないかな。そういう罪悪感がおれにはあるんだよ」

静かに真希子は頷いた。同意してくれているようだった。

「だからさ、おれは罪滅ぼしの意味もこめて、ミルクを迎えてみたんだ」

真希子が顔を上げて眠るミルクを見る。きちんと見たのは初めてだろう。

「おれは最初はただの思いつきで猫を迎えたらいいんじゃないかと考えたのさ。だけど、莉奈が猫アレルギーだろう。じゃあ、またゴールデンを探してみようかなんてことも考えたけれど、それじゃいかにもニキの代わりみたいじゃないか。いろいろ迷いながらインターネットを見ているうちに、犬猫の里親募集をしているサイトにたどり着いたんだ。そしたら二千件もの犬の里親募集の記事が載っててさ、毎日チェックしていたら一日十数件も新たな犬が行き先を求めてアップされるんだよ。猫は五千件近くあった。それでいて犬と猫を合わせて年間十数万頭も殺処分されるんだってさ。そこでおれはふと思ってしまったんだよ。ニキという犬から幸せをもらったんだから、犬に幸せを返さなくちゃいけないんじゃないかって」

ニキと暮らしているあいだのもやもやをすべて真希子に話すことができて、おれはすっきりした。健やかな心持ちでミルクを抱きしめた。

「わたしが感じている罪悪感はちょっと違うな」

ぼそぼそと真希子が切り出した。やっと暗闇から目を上げてくれたように思えた。

「わたしはたぶんわたしが信じられないんだよ。さっきは否定したけど、きっとほかの犬に触れたらニキの記憶は薄れてしまう。あのぬくもりや手触りがほかの犬のものと混ざってしまう。新しく迎えた子と声を上げて笑ってしまう。ニキを忘れる時間が長くなってしまう。そういう罪悪感。それがこわくてミルクを見ると緊張するし、不安にもなる。この子がニキの記憶を薄れさせて隅に追いやるんじゃないかって」

「やさしいよ、真希子は」

「そんなことないよ。ニキのことを考えている時間は確実に減ってきているもの。ふと忘れている瞬間がたくさんあるの」

「ニキの記憶をなんでもかんでも真希子ひとりで抱えなくてもいいんじゃないのか。おれはおれでちゃんとニキを思い出しているよ。真希子の知らないニキの記憶もたくさん持ってる。真希子がひとりで抱えこまないで、楽しかった時間、面白かった出来事、それから悲しかったこともみんなで話題にすることこそ、ニキの記憶をいつまでも持っていけるいちばんの方法なんじゃないかな」

「でも」

「真希子はブックのことを避けているから知らないと思うけど、ブックだってちゃんとニキのことを覚えてるんだぞ」

　真希子が不可解というふうに首をかしげる。

「最近さ、ブックは夕方になるとミルクを散歩に誘いに来るんだ。ブックのやつ、勝手に裏庭に入ってくるだろう。そのとき、あいつなにをしていると思う？」

「さあ」

「ニキがいつもくつろいでいた柚子の木があるだろう。あのあたりを探すんだよ。ニキがいるんじゃないかって」

　ニキが死んだとき、ブックにはもう動かないニキのにおいを嗅がせてやった。もう魂《たましい》がないんだって教えてやった。県境の貯水湖の東には動物専用の火葬場がある。ニキがいつも眠っていたベッドに花を敷きつめ、亡骸《なきがら》を寝かせて車で向かったときは、ブックもいっしょに連れていった。

「ブックのやつさ、ニキの魂の乗り物が骨と灰になるのを見届けさせてやったのに、まだ探してるんだよ。あいつ、ニキがお気に入りだった場所をちゃんと覚えていて、柚子の木の下に行くんだ」

　説明しているうちに涙声になった。

「おれも覚えている。ブックも覚えている。だからさ、真希子だけが抱えこむなよ」

　真希子も泣いていた。テーブルの上のティッシュを何枚も使って涙をぬぐい、鼻をかんでいる。

「真希子にとってニキは初めての犬だったわけだけど、おれにとっても初めての犬だったんだ。ニキはさ、悲しい気持ちや罪悪感だけを置き土産にしていったわけじゃないだろ? 教えていってくれたことがたくさんあるだろ? おれはときどきニキの言葉が聞こえるよ」

「どんな」

「犬と暮らすってすばらしいでしょう、って」

そっと真希子が両手を伸ばしてきた。ミルクを抱かせてやる。そのぬくもりに触れた瞬間、真希子は大声で泣いた。ミルクが驚いて目を覚ます。不思議そうにすぐ目の前にある真希子の顔を見つめた。それから涙が伝う頰をやさしくひと舐めした。


数日後、ニキのお骨を動物霊園に納めるために車で出かけることになった。ひと区画の永代使用料は八万円もするし、墓石も三万円もしてなかなかの痛手だが、これくらいはしてやりたい。

ワンボックスカーのエンジンをかけ、莉奈とミルクとともに乗って真希子を待っていると、どこからともなくブックがやってきた。

「おい、ブック。これからニキのお墓へ行くんだ。おまえも行くか」

ぶんぶんとブックが尻尾を振る。まあ、いいだろう。ブックにとってはいとしのニキの納骨になるのだから。

真希子は朝から泣き通しで何度も化粧を直し、遅れて玄関から出てきた。骨壺を抱いた真希子を見て、ブックがひと吠えする。

「うぉん！」

それはかつてニキをドライブに誘ったときと同じ高らかな声だった。

みんなどこに行ってしまったんだろう。

商店街の会長さんもいなくなった。

ボクにクリームパンとかメロンパンとかの言葉で遊ぶことを教えてくれたおじさんもいなくなった。

絵の具で手が青く汚れたちょっと臭いにおいのお姉さんもいなくなった。

焼き鳥屋のおじさんもいなくなった。

シェパードのケイティもいなくなった。

ゴールデン・レトリーバーのニキもいなくなった。

なによりボクの大好きなあの子はどこへ行ってしまったんだろう。会長さんの家の隣、いまはなにもなくなってしまったところに、あの子の家はあった。

あの子に会いたくてボクは車に乗る。車で出かけた先であの子はいつも待っててくれていたから。

車に乗ればいつかきっとあの子のところへたどり着ける。連れていってくれる。そう信じて乗る。ボクはいつも間違った車に乗ってしまって、たどり着けないのだけれど。

早く帰ってこないかな。この街でずっと待ってるんだけどな。

ボクはボクの中のあの子と話しながら暮らしている。

「おはよう、大好きだよ」

「大好きだよ、おやすみ」

何千回も、何万回も、言い続けている。

第四章　大好き、大好き

雨の中でずぶ濡れで立っている子犬。そんな憐《あわ》れなイメージならなんでも似合うのが、パン屋マルコ・ポーロの店主だった雪広《ゆきひろ》だ。あたしがうちの父ちゃんの焼き鳥屋を手伝って、店に立っていた三十年前にはそんなイメージがもうついていた。

雪広はあのころ十歳だったはず。あの情けない小学生はそのまま情けない大人に育ったわけか。

「こんちは。三日月《みかづき》さんいますか。おーい、三日月のおばちゃん」

仏壇に手を合わせていると、雪広が勝手に店の引き戸を開けて入ってきた。焼き鳥屋鳥信はうちの父ちゃんが亡くなったときに店じまいした。改装するお金なんてないから、店舗部分はそのままだ。その店舗部分に入ってくるのはかまいやしない。けど、三日月の名前を出すのはやめてほしい。しかも大声で呼びやがって。

「こら、雪広。三日月はやめろって言ってるだろ」

雪広は「えへへ」と笑いながら居間に上がりこんできた。

「だって若松より三日月さんのほうが呼び慣れてるんですもん。それに三日月さんって呼ぶの、おれだけじゃないでしょう」

「まったくどいつもこいつも。占いはとっくにやめたってのに」

三日月は占いをしていたときの名前だ。本名の若松洋子《ようこ》で占いをするのは恥ずかしいと居酒屋で話していたところ、居合わせたこのラブリ商店街の会長である辻《つじ》さんが三日月はどうかと提案してくれた。辻さんが居酒屋に来る途中で見かけたのだという。

辻さんは名づけ名人として商店街では有名だった。雪広の名前もそう。東京には珍しく雪景色の広がる朝に生まれたからだった。

「ああ、寒かったよ」

雪広はいいとも言ってやっていないのに、勝手にこたつに入った。あたしは今年六十歳になり、雪広は四十歳。子供がいたとしたらこんなだろうか。そう考えてから慌てて首を振る。こんな駄目息子はごめんだ。

「今日はなんの用なのさ」

「三日月さんにちょっと聞いてもらいたいことがあってさ」

雪広がこたつの上のみかんの籠《かご》に手を伸ばす。ひと口食べて言う。

「これ、酸《す》っぱいな。どのみかんが甘いか占ってもらえばよかった」

「ばか言え」

かつてあたしがやっていた占いは西洋占星術だ。ホロスコープという天体の配置図を使って行うやつだ。ホロスコープは惑星、黄道十二宮、十二室、アスペクト（角度）の四つの要素で構成されていて、その配置を読むことで占う。

あたしは幼いときから星占いが好きだった。本を読んで独学で占星術を覚えた。物足りなくなって占いを教えてくれる学校の講座を中級まで受けた。父ちゃんと結婚するずっと前の話だ。結婚して、鳥信を手伝うようになって、星占いはただの趣味になった。

仕事にしなかったのは腕に自信がなかったのと、ほかの占い師たちと反《そ》りが合わなかったためだ。なんだかみんなやけに美意識が高くてついていけなかった。何十万もする絵を買ったとか、バレエを毎月観に行っているとか、住む世界が違いすぎたのだ。ひらひらの服を着ていかにも占い師ですっていうおしゃれにもついていけなかった。

占い師にはある種のいかがわしさ、よく言えば神秘性が必要なのはわかっている。でも、あたしは見た目なんかどうでもいい。割烹着《かっぽうぎ》で星占いしたっていいじゃないのさ。うちの父ちゃんもいかにも胡散《うさん》くさい占い師ふうの格好が好きじゃなかった。それに占い師たちが何年も前に撮ったアーティスト風のプロフィール写真をいつまでも使い続けるのも好きじゃなかった。あれじゃまるで詐欺《さぎ》だよ。あたしは占いは好きだったけれど、占い師というやつが嫌いだったわけさ。

ところが、あるとき気まぐれで商店街の飲み仲間を占ったら当たると評判になった。趣味だったはずなのに、担ぎ出される形で「占いの小部屋・三日月」を開店した。と言っても占うのは鳥信の営業に差し支えない範囲内でだ。占う場所なんて家の居間。まさに小部屋だ。

料金は三十分で三千円。あたしは五百円ももらえれば御《おん》の字だと思っていたけれど、父ちゃんから三千円に設定しろと言われた。安いとありがたみが薄れるから、と。父ちゃんとしてはあたしの占いがいろいろな人たちから必要とされていることがうれしいようだった。

客は遠方からが多かった。ラブリ商店街の住人が来るのはまれ。そりゃあ、そうだ。ご近所さんに悩みは聞かれたくないもの。商店街の住人が来るときは、よっぽどのことがあったとき。そういうときはあたしも緊張した。そして、たとえ商店街の人が来ても手心を加えずに占った。そこは占い師としてきちんとやった。

ホロスコープは客観性を重視して読まなきゃいけない。占い師は鑑定の結果を伝える渡し手でしかない。あとは相談者との相性が占いの良し悪しを決める。

占いを長くやっていると、自分流の読み方ができ上がってくる。占いによって導き出される答えはひとつ。しかしながら、解釈は多様。答えを言語化するうえで占い師というフィルターを通ることになるから多様になる。

あたしは占いの結果の渡し手として、まあまあ受け入れられたようだった。客に困ったことはなかった。一応、占い師としてのこだわりはあった。まず、占ってほしい内容を親身になって聞く。それから、芳《かんば》しくない結果でも正直に伝えて励ます。

大切なのは言葉と伝え方だ。あたしは占いの結果を相談者の心に届くようにやさしく噛み砕いて伝えた。それが功《こう》を奏《そう》して占いの小部屋を続けられたのだと思う。

また、占いをやっていると、よくない星回りのもとに生まれた人とも出会う。不幸やトラブルの原因となるハードアスペクトを多く持つ人たちだ。でも、しんどい思いを積んだからこそ見えてくる光がある。そういうふうに励ます。だって鑑定後は希望を持って帰ってもらいたいじゃないか。

その占いも三年前にやめた。見てほしいと言われても断っている。それでも訪ねてくる人たちが少なからずいる。話を聞いてほしい、相談に乗ってほしい、とやってくる。雪広もそのうちのひとり。かつてラブリ商店街にパン屋を出すときに占ってやったのが最初だ。その縁がいまでも続いている。雪広が嫁に逃げられ、パン屋を閉店したいまでもだ。

こたつから手を出した雪広の手には携帯電話が握りしめられていた。雪広はいまにも泣き出しそうな顔で切り出した。

「実は、あの子からのメールの返信がすごく遅いんです。それで嫌われてるんじゃないかって心配で」

「なんだい、それが今日あたしに聞いてもらいたいって話かい。いい歳して中学生の男の子みたいなこと言ってさ」

「けど」

「それにあっちだって、あの子なんて呼ぶほど若くはないでしょうが」

最近、雪広がご執心なのが沢井西陽という絵描きの女性だ。商店街の沢井さんちのひとり娘。十年くらい前に急に商店街から見えなくなったと思ったら、半年ほど前からまた見かけるようになった。ブックと連れ立ってふらふら歩いているのだ。

ブックというのはこの商店街に住み着いている野良犬だ。みんながかまってやるもんだから住み着いてしまった。死んだうちの父ちゃんも世話をしていたひとりだ。ドッグフードをやり、濡れたタオルで体を拭いてやり、ときどきはシャンプーまでしていた。あの頑固者の父ちゃんが甲斐甲斐しく世話をしていたんだから、いま思い返しても不思議でしかたない。

父ちゃんの頑固っぷりはこの商店街で知れ渡っていた。あまりに頑固で嫌っている人もいたくらいだ。たとえば、父ちゃんは挨拶もせずに焼き鳥の注文をする客を徹底的に無視した。それで客が騒ごうものなら容赦《ようしゃ》なく怒鳴り散らした。

「ほら、帰った、帰った！　うちは挨拶もできねえような客に食わせる焼き鳥は置いていねえんだよ！」

自分で選んだ旦那ながら厄介《やっかい》な人だった。客とけんかなんてしょっちゅうで、機嫌を損ねやしないかひやひやしながら働いていたもんだった。

ただ、ブックが褒められたときはすこぶる上機嫌だった。鳥信は持ち帰り専用の焼き鳥屋だ。焼き場の横に待合のためのささやかな店舗部分を設けていた。ブックはその入口に鳥信のマスコットよろしく伏せをしていた。

「店長、こいつはいい犬だね。猟犬だろ」

客からそう褒められたときは、父ちゃんはにこにこと笑って鉄砲を撃つまねをし、めったに言わない冗談まで口にしていた。

「そいつを連れて鳥を撃ってくるのさ。今日の焼き鳥は獲れたてで新鮮だよ」

懐かしい。炭火焼きのにおいがよみがえってくる。父ちゃんが天国に旅立ってずいぶん経つというのに、明日からでもその続きができそうな気がしてくる。ふらりと父ちゃんが現れて、ふたりで竹串《たけぐし》に鶏肉を通して。

「たしかにさ、三日月さんの言う通り、西陽ちゃんは若くないよ。だけどさ、それでもきれいだと思うんだよねえ。さすが美しすぎる日本画家と言われてただけはあるよ」

もさもさとした雪広のしゃべり方で思い出から引き戻される。

「なにが美しすぎる、だよ」

「でも、三日月さんにもあの子の若いころの画像を見せただろう」

「まあ、きれいなことはきれいだったけどさ」

広島にいるふたりの姉とメールのやり取りをしたくて、パソコンの購入からインターネットの接続までを雪広にやってもらった。それらの使い方を習っているときに、雪広から沢井西陽の話題が出てきた。ラブリ商店街の出身でかつて美しすぎる日本画家と呼ばれていた子が商店街に帰ってきた、と。

その沢井さんちのひとり娘がきれいだったことはあたしも覚えている。いい印象はあまりない。友達と遊んでいるところも、笑っているところも、見たことのない子だった。大人になってスーツを着て出勤する姿も見かけたことがある。伏し目がちにそそくさと商店街を歩いていた。どちらかと言えば陰鬱《いんうつ》なイメージだ。

雪広がパソコンのインターネットで沢井西陽の名前を検索して、詳しく紹介されているページを教えてくれもした。パソコンに疎いあたしにはよくわからないが、西陽が自分で運営しているオフィシャルサイトだという。

プロフィールのページを見た。現在、三十五歳だそうだ。〈作品集〉と銘打《めいう》たれたページへ移ったとき、あたしは目を見張った。青い犬の絵がたくさん載せてあり、ひと目でブックとわかった。顔つきや骨格や毛の長さなど、どっからどう見ても父ちゃんにつきまとっていたあのブックだ。

あたしは老眼で眼鏡《めがね》をかけないと小さな文字が読めない。雪広が代わりに絵につけられた説明文を読んでくれた。青い犬の絵は実家に帰ってきてから描き始めたものだという。

「ねえねえ、三日月さん。西陽ちゃんにどのくらいの頻度《ひんど》でメールを送ったらいいですかね。続けて何通も送ったらしつこいかなあ。だけどメールを送らなかったら送らなかったで、途切れてしまいそうでこわいんですよね」

雪広はよっぽど迷っているようで、顔を伏せて額《ひたい》をこたつのテーブルにごつんとぶつけた。

「メールの頻度？　あんたも細かいことを気にするねえ」

せせら笑ったら、顔を上げて甘えた声で言ってくる。

「おれ、匙《さじ》加減がわからないんですよ。そのあたりのこと久々にちょっと占ってくださいよ」

「駄目だよ！」

ぴしゃりと言ってやった。

「あたしはもう占いをしないって言ってるだろ」

「けちだなあ」

「けちでけっこう。それからひとつあんたに言っといてやる。メールはね、頻度じゃなくて誰が送ったかが肝心《かんじん》なんだよ。いい男が毎日メールしたらマメで誠実。ぶさいくな男がたくさん送ったらうざったい。そういうことだよ」

雪広は目を丸くしたあと、がっくりとうなだれた。

西陽のオフィシャルサイトには、ブログというインターネット上の日記へのリンクも張ってあった。雪広にインターネットを使えるようにしてもらったものの、姉とのメールのやり取り以外これといって使う目的がないあたしは、ついつい西陽の日記を読むのが日課になってしまっている。

日記は絵の制作日誌とブックについてばかりだ。ブックが登場すると必ず写真が載せられている。その写真が見知った近所で写してあるものばかりなのも、ついつい日記を読んでしまう理由のひとつだ。ブックはラブリ商店街の通りや、南側に面する空き地などで写真を撮られていた。知っている景色がインターネット上で見られるのは不思議とうれしい。

父ちゃんの言っていたことが正しければ、ブックはいま十三歳のはず。ああいう大型犬は十歳以上はもう高齢だと、この前見たテレビの動物番組で触れられていた。つまるところ十三歳のブックはかなりのじいさんということになる。

そんなじいさんであるブックを、西陽はインターネットの写真を見るかぎりではかわいがっているようだ。かつて父ちゃんが大切に世話していたブックをいまでもかわいがってくれているなんて、西陽は実は見るべきところのある子なのかもしれない。

そういえば、かなりむかしになるが、商店街で西陽の噂を耳にしたことを思い出した。スズランのオーナーである柴田さんが噂話をしていたのだ。この商店街出身の売れっ子アーティストがいるとかなんとか。悪い噂も口にしていた。そのアーティストになった子は若い男にたぶらかされて、両親を置いてラブリ商店街を出ていったらしいとか。

あたしは柴田さんが苦手だ。というより嫌いだ。あの奥さんは噂話が大好きで、あることないことなんでも言いふらす。だから、あたしはあの人がしゃべっていることは話半分で聞いていて、売れっ子アーティストになったとかの話をすっかり忘れていたのだ。あれは西陽のことだったんだな。

雪広が帰っていったあと、あたしは習慣となってしまっている西陽のブログのチェックをした。ブログの記事にはコメントを書く欄がある。そこに唯一書きこんでいるのが雪広だ。あいつ以外は誰もコメントを寄せていない。西陽のブログは世間の誰からも注目されていないのかもしれない。

結局、売れっ子アーティストだかなんだか知らないが、西陽は画家として成功しなかった子なんだろう。いまやすっかり落ちぶれて実家暮らしをしているのだ。

つまり、あの子は負けて東京の隅っこにあるこの街へ帰ってきたのだ。衰退してひと気のなくなったこの商店街へ。

こたつでうとうとしていると、『故郷』のメロディーが商店街の屋外スピーカーから聞こえてきた。夏の時期は午後五時半に鳴り、冬のいまは四時半に鳴る。

父ちゃんが生きていたころは、このメロディーが聞こえてきたら張りきって仕事をしたもんだ。夕食の買い物の時間帯だから、少しでも焼き鳥を売ってやろうと店頭で呼びこみまでした。

「三日月さん、散歩に行きませんか」

居間の障子戸をがらりと開けて雪広が現れた。勝手に居間まで来やがって。あいかわらず無遠慮なやつだ。

「寒いからいやだよ」

「そうやってこたつで毎日だらだらしてると老けこみますよ」

「余計なお世話さ」

そう言いつつも晩ご飯の買い物に出なくてはならない。冷蔵庫が空っぽなのだ。渋々ダウンジャケットを着て外へ出た。雪広がこれ幸いとばかりについてくる。目が合うと雪広はとぼけた口調で言った。

「そういえばさっき西陽ちゃんがブックと散歩に行くのを見かけたんですよねえ」

「ふうん」

「たぶん、南側の空き地に行ったんじゃないかなあ」

「だからなにさ」

冷たく言ったら雪広が苦笑いで固まった。

「なんだい、雪広。あたしとあの子を会わせようって魂胆《こんたん》かい。だから、散歩に行こうなんて誘いに来たんだね。どうせあたしとあの子を会わせて、あたしに橋渡しでもさせようってんだろ。あんた、口下手だからさ」

どうやら図星だったようだ。雪広は黙りこんでしまい、申し訳なさそうに後頭部をぼりぼりと掻いた。

「困ったときに頭を掻くその癖はやめな。そんなのは中学生の男の子がやるもんだ。大の大人がやっちゃいけない。みっともないよ」

「は、はい」

雪広は慌てて気をつけのポーズを取った。妙に素直なところはある。

「まあ、いいや。あたしも空き地に行ってみようかね」

「え、いいんですか、三日月さん」

「散歩だよ、散歩」

あたしは空き地へ向かった。雪広がうれしそうについてくる。やめてくれよ、いい歳した大人がそんな子犬みたいな目でついてくるのはさ。

正直なところ、あたしも西陽に会ってみたいという思いはあった。毎日のように彼女のブログを見ていたせいで興味が湧いたのだ。加えて最近は彼女の描く絵にも惹かれている。

西陽のオフィシャルサイトの〈作品集〉と銘打たれたページには、十日にいっぺんくらいの割合で新しい絵が追加される。追加されるのはみんな青の濃淡で描かれたブックの絵だ。

最初は日本画のブックばかりが追加されていた。それが最近は違う画材で描かれたものが増えてきた。油絵の具だったり、水彩絵の具だったり、アクリル絵の具だったり。それは追加された絵の下に、キャンバスのサイズと画材が書きこまれているからわかる。あたしのお気に入りはアクリル絵の具で描かれたブックだ。アクリル絵の具の青の濃淡が、ほかの画材の濃淡よりも好みだった。

そうしたアクリル画の中で、青で描かれた男性と青いブックが寄り添う絵に、あたしの目は惹きつけられた。ひと目見た瞬間、「あら、これいいじゃない」と声に出してつぶやいてしまったくらいだ。なんだったら購入してもいい。値段によるけれども。

それにしても青いブックの絵はいい。ブックは青く描かれることで、彼がどのように生きてきたのか、どのような思いを抱いているのか、そこらへんのことを絵を見る人が思いを馳せるようになっている。これが本物そっくりにカラフルに描かれていたら、そうした想像をする余地が入らない気がする。赤や黄色でもいけないのだろう。青だからいい。青だからこそブックの孤独や切なさを描き出せているのだ。

ブックというモチーフとアクリル絵の具の青。そのふたつの出会いが西陽の絵を面白いものにしていた。あたしは絵に関しては素人だ。けれど、感性に働きかけるものに関してのアンテナの感度なら自信はある。

そもそも占い師は星を読み、解釈をし、そこに言葉を与えて人に伝える仕事だ。絵や写真や音楽など言葉以外の表現に接したときに、解釈や感想の言葉を紡《つむ》ぎ出すまでの過程は同じである気がする。使うアンテナはいっしょなのだ。

「えへへ、お先に行きますよ」

雪広が浮き浮きとした足取りであたしを追い抜いていった。その背中を眺めながら、あたしはため息をつく。

大丈夫なのかな、この男のアンテナの感度は。

雪広は悪い男じゃない。嘘はつかないし、ひねくれたところがない。顔だってまあまあだ。四十歳にしては腹が出ていないし、ファッションセンスはないが清潔感ならある。くせっ毛も見ようによってはおしゃれに見えなくもない。

問題は少しばかり考えが足らないところだ。ゆえに何度も女に騙《だま》される。それらの顛末《てんまつ》はこの狭い商店街の住人はみんなよく知っている。

一度目は十八歳のとき。アルバイト先のファミリーレストランで年上の女性に言い寄られ、つき合ってみたら旦那持ち。その旦那に奥歯が折れるほど殴られた。

二度目は二十代半ば。立川の建材屋で働いていたとき。高校のクラスメイトだった女に泣きつかれ、こつこつと貯めた三百万円を貸したら逃げられた。女はクラスのマドンナだったらしいが、ブランド物のバッグや服を買い漁《あさ》り、カードローン地獄に陥っていたのだという。

三度目は結婚したあと。これはなかなかきつい話だ。

雪広は居酒屋で知り合った女と結婚し、その後ふたりでラブリ商店街にパン屋マルコ・ポーロを出店した。パン屋は嫁となった女の長年の夢だったそうな。嫁は調理の専門学校を出ていて、パン屋でも修業を積んでいたらしいが、開業する資金がなくて実家でアルバイト暮らしをしていたという。

結婚を機に嫁が雪広をそそのかし、なんて言ったら人聞きが悪いかもしれないけれど、パン屋開業へふたりで漕ぎ出した。商店街の空き店舗を買い取り、改装して小さなパン屋を開いたのだ。

開業資金は雪広が父親から借りた。あいつはなかなかどうしてお坊ちゃんで、父親である佐久間《さくま》氏は電機メーカーの研究開発職。優秀だったらしくかなり出世し、定年を迎えたいまも相談役として会社に出向いている。商店街においてはちょっとした顔役であり、羽振りもいいことはみんな知っている。雪広も小さいころからお金で困ったことがないと言っていた。まったくうらやましい話だ。その優秀な父親の頭脳を受け継げなかった時点で、うらやましさは半減するのだけれど。

パン屋の店名であるマルコ・ポーロは、嫁がイタリアのパンが好きだったからだそうだ。フォカッチャとかパニーニとか、ごはん党のあたしにしてみればまったく食指の動かないパンが売れていた。それはラブリ商店街に人を呼びこむほどの人気で、雪広もいつしかパンを焼けるようになっていった。あたしは雪広が作る素朴《そぼく》なクリームパンとかカレーパンが好きだったけどね。

ところがだ。開業五年目にして嫁が出ていった。原因は浮気。相手は隣の市にある焼き肉屋ジパングの店長。うちの父ちゃんは笑いながら言っていた。

「マルコ・ポーロが本当にジパングに行っちまったな!」

父ちゃんから教わったことだが、マルコ・ポーロは『東方見聞録』という本で黄金の国ジパングについて書いているけれど実際は訪れていないらしい。中国へ赴いたときに、ジパングについての噂を聞いただけだそうだ。

嫁が出ていったあとのパン屋マルコ・ポーロは次第に休業がちになり、雪広ひとりでは立ち行かなくなって閉店した。それもこれも雪広が女を見る目がないせいである気がする。あいつは女で苦労するタイプなのだ。

雪広は父親へのコンプレックスがあるのか、自分に自信がない。自信がないので好きな女ができると、全面降伏で尽くしてしまう。そうしないと女に逃げられそうでこわいのだろう。お金だろうが、労力だろうが、時間だろうが、みんな女に貢《みつ》ぐ。なんでもやってあげる。雪広は嫁に家事をいっさいやらせなかったという。パン屋の業務に専念してほしいからだ、と言っていた。

朝昼晩の食事も掃除も洗濯もみんな雪広がやっていたそうだ。周囲はあいつをやさしいと褒め称えた。でも、あたしはわかっていた。雪広は自信がないゆえに、やさしくするしかなかったってことを。

けれど、それじゃ駄目なんだよ。相手にやさしいだけじゃ駄目。なんでもやってやればいいってもんじゃない。夫婦ふたりで生きていくからには相手に役割を与えないといけない。雪広の家の場合、嫁さんにやるべきことを与え、いっしょにいる意味を考えさせ、求められている実感を与えなければならなかった。

雪広は嫁からなんでも取り上げた。いてくれるだけでいいよ、なんてお姫様のように扱った。だから、嫁は出ていったのだ。ほかの男に女として求められて。

空き地へ到着する。ダウンジャケットを着てマフラーをぐるぐる巻きにして出てきたけれど、遮《さえぎ》るもののない広大な空き地は吹きさらしで寒かった。最近めっきり寒さに弱くなってきた。骨の髄《ずい》まで寒さがしみてくる。寄る年波には勝てない。

寒風が吹き荒れる中、こちらに背中を向けて線の細い女が立っていた。西陽だ。その向こうにブックが見えた。

もう一頭、白い中型犬がいた。鼻筋の通った和犬で、ぴんと三角の耳が立っている。きれいな子だ。連れているのは戸田さんのところの奥さんである真希子さん。もう何年も前の話だが、占いの小部屋に客としてやってきた。白い犬の名前はたしかミルクだったはず。戸田さんの家はかつて牛乳販売店だった。看板は下ろしてしまったが、こうして犬の名前として残しているのはいいことだ。

引き綱につながれていないブックが、ミルクの周りを回って遊びに誘う。ブックも老いたな。見るたびに思う。動きに躍動感《やくどう》がない。

鳥信の店先でマスコットをやっていたころは、みっちりと筋肉がついていた。いまは痩せこけ、手足は枯《か》れ木のようだ。それでも若いミルクに遊ぼうと誘うあたり、気持ちだけは若いようだ。

雪広が空き地の入口で動かなくなった。

「中に入らないのかい」

横に並んで見上げると雪広は強張《こわば》った表情をしていた。その視線の先に西陽がいた。

「どうしたんだい」

「西陽ちゃんの姿を見たら緊張してきちゃって」

「なにを言ってんのさ。情けない」

呆れて大きな声となる。いい大人が怖気《おじけ》づくなんて。

「実はですね、三日前に西陽ちゃんのブログにコメントを書いたんですけど、返しのコメントがないんですよね。そのことを思い出しちゃって」

「は？」

「西陽ちゃんから返事がないんですよ。それが気になって顔を合わせにくいんです」

「あんたが書いたコメントに気づいてないだけじゃないのかい」

「おれは三日前に書いたんですよ。三日もあったら気づくでしょう。返事がないのは無視されてるからなんじゃないですかね。おれ、もしかして変なこと書いちゃったかな」

雪広がもじもじし出す。蹴り飛ばしてやりたかったけれどこらえて言った。

「そんなコメントくらいどうでもいいじゃないのさ。しょせんインターネット上のことだろ。大切なのは直接会って話すこと。違うかい？」

「それはそうなんですけど」

言葉に覇気《はき》がない。

「ていうかね、そもそもあんたあの子とどういうやり取りをしているんだい」

「やり取りっていうのは」

「誘ってみたりはしたのかい。食事とか映画とか」

「誘えるわけないじゃないですか」

「じゃあさ、好きですってにおわすような会話は？」

「そんなハードルの高い会話、無理に決まってるじゃないですか」

あたしは深いため息をついた。ここまで奥手の男とは思わなかった。

「あんたも以前は結婚してたわけじゃないか。そうした経験を生かさないでどうするのさ。前の嫁さんのときはどうしたの。どうやって口説いたの」

「それは、なんていうか、こんなおれでも向こうが好きになってくれたから」

「あんたからアプローチしたわけじゃないってことかい」

「向こうからです」

「嫁以前につき合った子もいただろ。そのときはどうしたんだい」

「それも向こうからで」

「なんだい、あんた。ずっと相手任せの恋なのかい」

雪広はお人好《ひとよ》しでやさしい。そういう男に惚れる女はたしかにいる。意外にも雪広はもてる男だったんだな。

しかしながら、いまや雪広も四十歳。若い男が持っているような将来性はもうない。伸びしろを感じられない。

結婚もしくは恋愛のパートナーとして冷静に鑑定してみれば、雪広はバツイチで、金もなく、パン屋を潰《つぶ》した過去があるしょぼくれた四十男だ。いくらやさしいとはいえ、寄ってくる女はもういないだろう。あたしだったら絶対にごめんだね。

世の中には四十歳を超えても恋愛をする人はいる。あたしの知り合いでも晩婚の人がけっこういる。うまくいくには積極性が大切なようだ。待っていても始まらない。どんどん行かないといけない。

その点、雪広は自分に自信がなく、相手任せの恋愛ばかりしてきた男。積極性を発揮したことがなかったんだな。いまのままでは西陽とうまくいく可能性なんてまったく見こめない。コメントに返事がないくらいでぐずぐず言いやがって。

「どうすんのさ。このままここに突っ立っているつもりかい。それならあたしは買い物に行かせてもらうよ。こんな寒いところに立っていたら、風邪を引いちまうよ」

引き返そうとしたときだった。こちらへ一直線に駆けてくるものがあった。ブックだ。猛スピードで雪広を目がけて走ってくる。走りながら吠えていた。警戒で吠えているわけじゃない。あれは喜びと興奮で声がもれ出てしまっている吠え方だ。

あたしは知っている。かつて、父ちゃんを目にしたときのブックも吠えながら駆けてきた。ブックは焼き鳥をくれる父ちゃんを大好きだった。好きすぎて喜びが声になってもれてしまう。そういう吠え方だ。

「ブック！」

雪広がしゃがみ、ブックに向かって両手を広げる。ブックは減速せずに雪広の胸に跳びこんだ。うれしくて体をくねらせ、背中から腰を雪広にこすりつける。雪広のことが大好きなようだ。

「あ、佐久間さん。こんにちは」

笑顔で手を振りながら西陽がやってきた。雪広は落ち着かないのか、照れくさそうに後頭部をぼりぼりと掻いた。やめろって忠告したのに。自分を純朴《じゅんぼく》な少年のように思ってのしぐさだろうが、四十歳というい歳をした男がやるとみっともないのだ。

「こんにちは」と西陽があたしにも挨拶してくれた。

「どうも」

あたしは西陽の顔をまじまじと見てしまった。以前とだいぶ印象が違っていたからだ。かつての暗い少女の印象はもうなかった。肌つやはさすがに衰《おとろ》えているが顔立ちはやはりきれいで、そこに健やかさが加わっていた。いい歳の取り方をしたように思えた。

「こら、ミルク。急がないの」

真希子さんがミルクに引きずられながらやってくる。ミルクは叱られているにもかかわらず、必死の形相で雪広を目指していた。やっとたどり着くとミルクは先に来ていたブックを体当たりで押しのけた。さらにミルクはブックが雪広に撫でられると、「きゅうん」と不満げな声をもらした。嫉妬しているのだ。

「ミルク、やめなさい」と真希子さんがたしなめてからあたしに向き直る。「あら、三日月さん、珍しいですね」

「雪広に誘われてね。ミルクちゃん、大きくなったじゃないの」

「もう四歳ですからね。元気で手に負えないんですよ」

「こんにちは」

後ろから声がかかり、振り向くと黒いパグ犬を連れた二十代くらいの女性と、ダックスフントを連れた初老の男性が立っていた。西陽と真希子さんの反応を見ると、犬つながりの知り合いのようだ。顔が潰れたようになっている黒のパグは、まるでおもちゃのようでかわいらしい。

そのパグとダックスフントも、尻尾をぶんぶんと振りながら雪広に駆け寄っていった。雪広はブックとミルクと合わせて四匹に囲まれ、てんやわんやだ。四匹が雪広を取り合っていた。

これはいったいどういう状況なんだろう。なぜ雪広はこんなにも犬たちに好かれているのか。驚いていると真希子さんが説明してくれた。

「この近所のワンコはみんな、佐久間さんのことが大好きなんですよ。見ての通り、モテモテなんです。ワンコたちのアイドルって言ったらいいでしょうか」

雪広が立ち上がって駆け出す。すると、即座にブックが追いかけた。ミルクもいっしょになって追いかけようとしたが、つながれた引き綱がぴんと張って引き戻された。

「あらあら、あなたも追いかけたいのね。行ってらっしゃい」

真希子さんがミルクの引き綱を外してやる。ミルクは一目散に雪広を追いかけていった。解放されたパグもダックスフントも必死にあとを追った。

「犬たちは逃げたりしないの」

あたしが尋ねると、真希子さんがやわらかに微笑んだ。

「佐久間さんがいればワンコたちはどこにも行かないんですよ。大好きな佐久間さんを追いかけるのに夢中ですから。安心してこの空き地で遊ばせられるんです」

走る雪広を目で追いかける真希子さんの瞳は信頼に満ちていた。ほかの飼い主たちも同様のようだった。みんな頼もしげに雪広を見守っている。あたしの知らない雪広の一面があった。

雪広があたしたちのそばまで来て足を止めた。犬たちがやってきて雪広の前に勢ぞろいする。雪広がげんこつを作る。すると犬たちはみんなおすわりをした。手のひらを向ければ、待ての合図のようでみんな静止した。手を差し出せばお手をし、地面を指差したら伏せをした。四匹とも雪広の手のサインに見事に従う。

「はい、解散」

ぱんと雪広が手を打ち合わせる。しかし、犬たちは離れがたいようで雪広のあとをついて回った。すごい好かれようだ。

「まるでハーメルンの笛吹き男ですよね」

西陽が微笑んで言う。真希子さんが笑いながら賛同した。

「ほんとだね。佐久間さんが誘えば、ワンコたちはみんな佐久間さんのあとをついてどこまでも行っちゃうね」

「ああ、疲れた」と雪広がしゃがむ。「準備運動なしに走るとさすがに体にこたえますね」

犬たちがしゃがんだ雪広の争奪戦を始めた。いちばん積極的なのはミルクだ。雪広の前で仰向けに体を投げ出し、くねくねと体をくねらせる。真希子さんが笑ってあたしに教えてくれた。

「ミルクは佐久間さんにおなかを撫でてほしくて、ああやってアピールするんですよ」

西陽が続けて言う。

「絶対服従するから愛してほしいって感じですよね」

そう言われてみれば、ミルクは恋する乙女の瞳で雪広を見上げていた。いじらしい姿に誰もが微笑んでいる。気づけばあたしも笑顔になっていた。

ミルクが「きゅんきゅん」と甘えた声を出す。西陽がミルクの気持ちを代弁して、声優の要領でせりふをあててみせる。

「佐久間さん、大好き、大好き！　撫でて、撫でて！」

あたしは西陽のことを、青い絵を描き続けていることから勝手に神経質な人なんじゃないかと想像していた。あの青い絵たちがあまりに繊細《せんさい》だからだ。けれど、こうして会ってみると、からっと晴れやかに笑う気持ちのいい子だった。

世の中にはどんなに美人でも幸せになれない子たちがいる。そのことは占いを通じて何人も見てきた。逆に幸せになれるのは、かわいいおばあちゃんになれる子だ。いま西陽の笑い方を見たら、この子は大丈夫なんじゃないかと思った。

ブックが雪広から離れ、西陽に向かった。彼女の前で頭を低くし、尻を高く上げて尻尾を振る。西陽に甘えているようだ。

「あはは」と西陽が高らかに笑った。「あらあら、ブック。佐久間さんがモテモテで相手をしてもらえないから、わたしのところに来たってわけね。わたしは二番目ってことかな？」

西陽はちょっと意地悪に言いながらブックを撫でてやる。ブックは言葉がわかるのか、申し訳なさそうな顔となった。

「冗談だってば、ブック。ほら、いい子、いい子」

満面の笑顔で西陽はブックをわしゃわしゃと激しく撫でた。ブックは安心したのか、大喜びで体を西陽にすりつける。鼻息も荒く、まるで笑ったような表情をしている。先ほどの西陽じゃないけれども、あたしもブックにせりふをあててみたくなった。きっとブックはこう言っている。

「西陽、大好き、大好き！」

四匹が追いかけっこを始めた。微笑ましげに眺めている西陽にあたしは声をかけてみた。

「沢井さんとこの娘さんだよね」

「そうです。三日月さんですよね、占い師の」

「もうやってないけどね」

「高校生のころ行ってみたかったけど、勇気がなくて行けなかったんですよ。当時は悩んでいることがいっぱいだったから、本当に行ってみたかったんですけど。いまこうしてお話しているのが不思議です」

「あたしも不思議だよ。いつも読んでるブログの書き手と話してるんだからさ」

「え、わたしのブログですか」

西陽が目を丸くする。

「そうだよ。雪広に勧められてね。西陽ちゃんのオフィシャルサイト、素敵だから見てくださいってさ。近所の写真とかブックの話が出てくるから、ついつい読んじゃうんだよね」

「なんだか恥ずかしいですね」

顔を赤らめて西陽が照れる。

「絵も見てるよ。青いブックの絵。いい絵を描くじゃないの。新作が載せられるのを毎回楽しみにしてるんだ」

西陽の表情が真面目なものとなる。

「ありがとうございます。三日月さんは絵がお好きなんですか」

「好きって言えるほどでもないよ。詳しくもないし。でも、良し悪しならわかるね。最近、アクリル絵の具ってやつで描くようになっただろ。あれ、いいよ。青の濃淡がよく出ていて、ブックを描くのにふさわしい画材だよ」

「そう言っていただくとうれしいです。もともとは日本画でブックを描いていたんです。日本画って完成するまでの段取りがたくさんあって、その段階を踏んで仕上げていくのが好きだったので。だけど、もしかしたら自分はその面倒な作業工程に没頭するのが楽しいだけなんじゃないかって危うく感じてきて。それで油絵やアクリルでも描き始めたんです」

「じゃあ、いまのところは日本画から解き放たれて、いい部分が出ているのかもしれないね」

「そうだといいのですけど」

「あたしとしてはブックを青で描いたって点がほんと素晴らしいなって思ってさ。青だけで描くことで、ブックがどういった犬なのかくっきり表れている気がするよ。ええと、うまく言えないけど、ブックが背負っているものがよく感じられるようになったんじゃないかな」

西陽の目が見開かれた。興奮気味に早口になって言う。

「そうなんですよ。わたしもブックを青で描いているときに感じていたのが、ブックが背負ってきたものだったんです。その背負うってキーワードがいま三日月さんから出てきて、本当にびっくりしました。鳥肌が立ちましたよ」

興奮が抑《おさ》えられないというように西陽がにじり寄ってくる。なんだかかわいらしい反応だ。

「あたしがいちばんいいなと思ったのは、ブックと男の人が寄り添っているやつだね。天国で待ってくれているうちの父ちゃんを思い出したよ。うちの父ちゃんはブックをよく世話してたんだ」

「実はうちの亡くなった父も、ブックとよく遊んでやっていたんです」

「不思議な縁だねえ。いや、不思議なのはあのブックかもしれないね」

「はい、不思議な犬ですよね。商店街のみんなとつながっている不思議な子だなって」

ブックは追いかけっこを続行中だ。その様子を西陽と並んで眺めた。たしかにこの子の言う通り、ブックは不思議な犬だ。長いあいだ商店街に住み着いていて、みんなからも愛されてきた子なのに、どこから来たのか素性《すじょう》は不明。そのくせ名前やら年齢やらはみんな知っている。

最初にブックの名前を聞いたのは父ちゃんからだった。名づけ親は商店街の会長である辻さんだという。年齢もそのときに聞いた。

「どこの家の犬なの」

あたしはそう父ちゃんに質問した覚えがある。けれど、父ちゃんは急に不機嫌になって、「知らねえよ」なんて返してきた。あまりしつこく訊くとこじれる人だから、そのままになってしまったのだけれど。なんだか訊いたらいけない質問であることを、あのときの父ちゃんからは感じた。

「三日月さん、今度よかったらうちに絵を見に来ませんか」

西陽が緊張の面持《おもも》ちで誘ってきた。

「え、西陽ちゃんの家にかい」

「ネットに載せている絵はカメラで撮ったものなので、絵の本当の色合いとか質感を忠実に再現できているわけではないんですね。三日月さんにはぜひ実物を見てほしいなって思って」

「いいのかい」

「もちろんですよ。家の二階をアトリエにして使っているんでぜひそちらへ」

「だったら、ファン第一号の特権としてお邪魔しようかねえ」

「そんな、ファンだなんて」

「あ、ちょっと待って。ファン第一号はあたしじゃないわ」

あたしは雪広を指差して言う。

「あいつが第一号。よかったら、あたしたちふたりを招待してくれないかな」

西陽は笑顔で頷いた。

「いま描いているものが一段落して、部屋を片づけたらお呼びしますね」


三日後、隣の地区のスーパーマーケットで雪広とばったり会った。ラブリ商店街はここ数年で急速に廃《すた》れ、買い物は商店街の外に出かけなければならない。面倒臭いったらありゃしないのだ。

スーパーマーケットの入口の出店のたこ焼き屋で、雪広と食べながらの立ち話となった。

「あの西陽って子、いいじゃないか。辛気《しんき》臭い子かと思ってたけど、さっぱりしていて気持ちのいい子だったよ。あたしは気に入ったよ」

「いい子でしょ、西陽ちゃん」

雪広が当然とばかりに言う。

「絵の話をしたかぎりだけど、しっかりしているようだし。むかし売れっ子アーティストだったかなんだか知らないけど、そういうことを鼻にかけていないのもいいね。地に足をつけて絵を描いていけば、いつかまた花開くんじゃないの。よくもまああんなきれいで真面目な子が結婚もせず、廃れたラブリ商店街で細々と暮らしているもんだ。残りものには福があるって言うけど、本当のことだったんだねえ」

あたしはにやりと笑って雪広を見た。

「おれもびっくりしましたよ。あんなにきれいで、心身ともに健康で、性格も穏やかで、それで三十五歳で結婚していないなんて。普通だったら、いい男がとっくにかっさらっている物件ですよ」

「物件ってあんたね」

突っこみを入れてやろうかと思ったがうまい言い回しだ。彼女はたしかに優良物件だった。

「あたしとあんたを、西陽ちゃんが今度アトリエに招いてくれるってよ。これは親しくなる大チャンスなんじゃないのかい。ぜひともデートに誘いなよ」

あたしはついつい悪巧《わるだく》みに誘う口調となった。しかし、雪広は笑顔で首を横に振った。

「それはありがたいですけど遠慮しておきます」

「どうして」

「おれ、西陽ちゃんのことはあきらめることにしたんで」

「え、なんでだい」

驚いたら爪楊枝《つまようじ》からたこ焼きがぽろりと落ちた。

「自信がないんですよ。おれ、学歴もないし、かっこよくもないし、収入も少ない。西陽ちゃんと釣り合う男じゃないですもん」

いま雪広はかつて勤めていた建材屋に出戻って働いている。嫁に逃げられ、パン屋を潰した挙句《あげく》、よくもまあおめおめと元の会社に戻れたもんだ。あたしを含めたラブリ商店街の人間はみんな呆れた。しかも一時期その建材屋を辞めていたせいで、いまいちばんの下《した》っ端《ぱ》の立場だという。

「自信なんて言い出したら、きりがないじゃないのさ。まずは行動を起こしなよ。収入に関してなら、あの子だってなにかを言える立場じゃないんだし。あっちもいまは売れない絵描きじゃないのさ」

雪広は笑ってゆるゆると首を振った。

「もういいんですって」

「どうしたんだい。急にもういいだなんて」

「おれは一喜一憂《いっきいちゆう》するのに疲れたんです。西陽ちゃんが笑いかけてくれれば叫びたくなるほどうれしいし、メールが返ってこなければ嫌われたんじゃないかって不安で朝まで眠れない。西陽ちゃんに好きな男がいるかもって妄想して苦しむこともしょっちゅうだし」

「そういうつらさを含めて恋愛ってもんじゃないのさ」

「四十歳にもなって恋愛のつらさに振り回されるのはいやなんですよ。しんどいんです。だから、きっぱりとあきらめることにしたんです」

「ちょっと待ちなよ。せめて告白してからでも」

「おれはいまの関係を壊したくないんです。ブックたち犬から好かれている人ってことで、おれは西陽ちゃんから一目置かれてるんですよ。それってけっこうおれの支えになってるんです。告白して駄目になって、その支えを失いたくないじゃないですか」

「好きになってもらわなくてもいいのかい」

「西陽ちゃんをあきらめて、距離を置こうって決めたら、なんだかやさしくなれましたよ。どうして振り向いてくれないんだろう、好きになってくれないんだろう、なんて恨みがましく考えなくて済みますからね」

「あんた、ほんとにそれでいいのかい。西陽ちゃんのこと好きなんだろ？」

「好きですよ。だからこそ、その好きだって思いを傷つけたくないし、汚したくもないんじゃないですか」

雪広は深いため息をついてうつむいた。再び顔を上げたとき、雪広は笑っていた。あきらめの微笑みだ。

やめておくれよ。見ていられない。なんて寂しい笑顔なんだ。あたしはこみ上げてきた涙に抗えなかった。

「あれ、三日月のおばちゃん、ちょっとやめてくださいよ。もしかして泣いてるんですか」

あたしの顔を覗きこんで雪広が目を丸くする。あたしは鞄《かばん》からハンカチを取り出し、慌てて涙を拭いた。

「ご、ごめんよ。好きな人をあきらめるって話にあたし弱くてね」

「まったくもう。他人の恋愛でよくそんなふうに感情移入できますね。ああ、びっくりした。けど、おばちゃんのそういう親身になってくれる感じ、いいですよね」

「ばか。他人事みたいに言うんじゃないよ。あんたの恋愛話じゃないのさ」

「先に泣かれちゃうと妙に冷静になるもんですよ」

「ああ、そうかい。泣いたあたしがばかだったよ」

空になったたこ焼きのパックを手に急いでごみ箱に向かった。泣き顔を雪広に見られたことが癪《しゃく》でしかたがない。ごみ箱にパックを投げ入れる。

思いをあきらめたあの子のことをつい思い出しちまった。顔が一瞬よぎっただけで、あたしの胸の中は瞬《また》く間に湿《しめ》っぽくなった。というよりも水浸しだ。

歳を取って心の動きがどんどん鈍《にぶ》くなっていくのが自分でもよくわかるのに、あのときのあの子のことはまだまだ生々《なまなま》しくて、胸がきりきりと痛む。

涙をよく拭いてから雪広の元へ戻った。とぼけた調子で切り出して強引に話題を変えた。

「そういえばさ、あんたって犬に異様に好かれているね。みんなあんたの言うことを聞きまくりじゃないのさ。あれじゃ本当にハーメルンの笛吹き男じゃないの」

「あはは、実はあれ、西陽ちゃんに好かれたくて頑張った結果なんですよ。ブックがなぜか西陽ちゃんに懐いていて、ブックと仲良くなれば西陽ちゃんとも仲良くなれるかもって、犬に好かれる方法を調べたんです」

雪広は後頭部をぼりぼりと掻いた。今日のところは見逃しておいてやる。

「そういう努力ならあんたもするんだね」

「まあ、好かれたいってのは最初だけでしたけどね」

「最初だけってなにさ」

「犬と親しくなる方法は、市立図書館に行って犬に関する本を読みまくって調べたんです。そうしているうちに、犬って本当に面白いな、奥が深いな、なんて思うようになったんですよ」

「ふうん」

研究熱心なところはこいつの親父さんに似たのかもしれない。

「三日月さんはおれがブックたちからどうして好かれているかわかりますか」

「いや、見当もつかないね」

真希子さんの話によれば、この近辺の犬はみんな雪広を大好きだという。そこまで好かれる理由なんてあたしには思いつかない。

「役割ですよ」と雪広が朗らかに言う。「犬って役割で人を評価するんです。ごはんをくれる人、散歩に連れていってくれる人、撫でてくれる人、おやつをくれる人、こわいときに守ってくれる人、いっしょに遊んでくれる人。そういう役割で好きかどうかを判断するんですよ」

「へえ」

「たとえば家族で犬を飼う場合、役割は家族で分担されちゃいますよね。けれど、ひとりの人間がそうした役割を全部こなしたら、犬はその人を好きになりますよ。つまり、おれはブックたちに対してひとりでいろんな役割を担っているわけです。特に重要なのがいっしょに遊ぶ役割ですかね。これ、けっこう大変なんですよ。犬たちと同じテンションで楽しいねって遊ばなければいけない。そうすることでブックたち犬は、おれをいっしょに遊べる仲間だって認めてくれるんですよ。叱ってばかりの飼い主さんや、甘えさせているばかりの飼い主さんより、いっしょに遊ぶおれを好きになってくれるのは当然なんです」

「なるほどねえ。好かれるのをわかっていてやるなんて、ある意味あんたも計算高いね」

雪広が苦笑する。

「人聞き悪いなあ。ちゃんと調べた結果ですってば。それにおれ、犬たちと遊ぶのほんと好きなんですよ。楽しいんです。犬はいいですよ、表裏ないし、嘘つかないし」

女たちにさんざん裏切られてきた雪広からそんなせりふを聞くと寂しくなる。

「まあ、あんたが犬たちと遊ぶのを心底楽しんでいるのは、この前見たからわかってるよ。まるで小学生の男の子みたいに、無邪気に笑って走り回ってるんだからさ」

あのときの雪広の笑顔は計算が働いてのものじゃなかった。あんな笑顔ができる四十歳の男もなかなかいるもんじゃない。

「そうそう、笑うと言えば笑顔で接するのも大切なんですよ。犬も人間の表情を読み取れますから」

「本当かい」

「人間の目を見ただけで、犬はどう行動したらいいかわかるって言う学者もいるくらいなんです。アイコンタクトってやつですよ。犬が人といっしょに暮らすようになって一万年とか一万五千年が経つって言われてるんです。犬は番犬とか狩猟犬として人間を助けて、人間は餌をやることで犬を助ける。そういう助け合いの中で、犬は人間の家族としての長い歴史を築いてきたんです。人間が考えていることをぴんと理解する能力なら、犬はチンパンジーより優れているそうなんですよ」

「賢いんだねえ、犬って」

「あと犬と接するうえで大切なのは体の触れ方ですかね。どこをどんなふうに触ってやるか。その触り方でこちらからの親愛の情を伝えられるんですよ。触られたくないところがある犬もいるので、前もって飼い主さんに教えてもらっておくのがいいですね。頭はいやだとか足はいやだとかいう子はいますから。そうした情報は一頭ずつ覚えておくといいと思います」

「それはなんだか面倒臭いねえ」

一頭ずつ覚えておくなんてなかなかできるもんじゃない。そもそも一頭ずつその名前すら覚えられないのに。

「多少は面倒臭いですよ。でも、手間をかけるだけの価値はあります。だって犬は大切にしてあげた分、きちんと愛情を返してくれますからね」

雪広が腕時計に目をやる。「さて」とつぶやき、残りのたこ焼きを全部頬張った。

「約束でもあるのかい」

「ジョギングの時間なんです」

「あんた別にダイエットするほど太っていないじゃないか」

「犬たちと走るとすぐ息が切れるんですよ。もっと遊んであげられるように、長く走れるようになりたいなと思って走ってるんです」

あたしはあ然としてしまった。突っこみの言葉も浮かんでこない。犬と遊ぶためにジョギングするなんて本気で言っているのかい。冗談だとしてもまったく笑えない話じゃないのさ。

急いで帰っていく雪広の背中を見ながら、あいつのピントのずれ具合が寂しくなってきた。雪広はやさしい。けれども、四十歳の冴《さ》えない独り身の男が、犬たちのためにこんなにもやさしいなんて寂しいことじゃないか。いったいどれくらいの人間があいつのやさしさに気づいてあげられているのか。また、雪広が犬について語った言葉もあたしを寂しくした。

「犬は大切にしてあげた分、きちんと愛情を返してくれますからね」

つまり、犬は人間みたいに裏切ったりしないということだ。雪広がつき合った女たちみたいには。

買い物袋をぶら下げての帰り道、あたしはやりきれなさでいっぱいになった。雪広が恋をあきらめてしまった。あたしは力になれなかった。

こんなことになるくらいなら、占いで相性を見てやればよかった。占いの結果はどう出るかわからないが、恋に前向きになれる言葉をかけられたかもしれない。いや、どんな結果が出ようとも、希望を抱いて帰ってもらうのがあたしの占いだったはずじゃないか。

もう一度だけ占ってみようか。心が揺《ゆ》らぐ。占いをやめようと決めたあの日のことが、鮮明によみがえってきた。

ラブリ商店街にある美容室スズランのアシスタント、丸川さんは足繁《あししげ》く占いに通ってくれていた。あだ名はマルちゃん。

商店街の住人はプライベートを知られたくないゆえに、占いの小部屋・三日月には足を運ばない。やってくるとしたら、よっぽどのことがあったときだけ。足繁く通ったマルちゃんにはよっぽどのことがあったというわけだ。

マルちゃんが占ってほしかったのは恋愛について。お相手は彼女はぼやかして話しているつもりのようだったが、どう聞いてもラブリ商店街にある工務店に勤める男性だった。ここではA君としておく。

A君はマルちゃんと同じ当時二十六歳。彼女が惚れるのも納得のいい男で、体育会系で飲みっぷりもいいときている。居酒屋でときどきいっしょになったけれど、人懐っこくて性格もいいさっぱりした子だった。あたしもあと三十歳若かったら、なんて思ったもんだ。

マルちゃんはA君を好きで好きでしょうがなかった。占いの最中に感極《かんきわ》まって泣いてしまうほどに。

この片思いをマルちゃんはスズランのオーナーである柴田さんにも話していたようだ。柴田さんは噂好きの厄介な人。口が軽い。間違った噂話も鵜呑《うの》みにして、これまた噂好きのおばちゃん連中に流してしまう。占いで個人の事情や情報を打ち明けられる立場にあるあたしは、柴田さんのことを警戒していたはずだった。占いに来た人のことはどんな些細なことでも漏らさないように、勘づかれないように、と。

ところがだ。居酒屋で柴田さんと鉢合《はちあ》わせしてしまい、マルちゃんの片思いがうまくいかないものであることを気取《け》られてしまった。

悔やまれるのは柴田さんがカウンターの隣の席に座ったときに、席を移動しなかったことだ。あるいは帰らなかったことだ。

「ねえ、三日月さん。うちのマルちゃんがA君のことで先生のとこの占いに行ってるでしょう。わたし、マルちゃんから聞いてるんだよね」

酔った柴田さんが語りかけてきた。あたしはビールグラスをあおってとぼけた。

「さあ、どうだろうねえ」

「そんなしらじらしいこと言わないでくださいよ。わたしはマルちゃんから聞いているんですから」

「占いにも守秘義務ってものがあるからね。お客様の情報は話すわけにはいかないよ」

「そんな堅《かた》いことを言わなくても。で、マルちゃんの恋愛は占いによれば、どうなるって出ているんですか。うまくいくんですか」

占いの結果は芳しくなかった。縁もなさそうだし、相性もよくない。アプローチの仕方についても見てみたけれど、落ち着くまで待てのサインが出ていた。

しかしながら、いちばんの問題は占いの結果というより、A君に彼女がいるというその事実だった。以前、あたしはA君本人から、つき合っている彼女がいることを居酒屋でこっそり打ち明けられていたのだ。

マルちゃんには占いの結果から時期尚早《しょうそう》と伝えた。現実だけを見ればうまくいく可能性は低い。あたしもマルちゃんにA君に彼女がいることを、どう伝えていったらいいのか迷っている最中だった。結果がよくなくても前向きに受け止められるような、そんな言葉を探しているところだったのだ。

柴田さんが耳を貸せというふうに手招きをしてくる。しかたなしに耳を近づけると、柴田さんが得意げに言った。

「実はね、A君には彼女がいるんですってよ。知ってました?」

その話しぶりからは優越感を感じた。情報を握っているという優越感だ。噂好きな人間のこういうところがあたしは大っ嫌いだ。あたしは澄まし顔で柴田さんの話を聞き流した。それで柴田さんは虫の居所を悪くしたらしい。挑発的な口調で言ってきた。

「ねえ、三日月先生。先生もマルちゃんの片思いがうまくいかないって本当はわかってるんじゃないですか」

あたしは無視を決めこんだ。柴田さんも自分とこの美容室のアシスタントの悩みだというのに、よくもまあこんなふうに楽しめるもんだ。A君に彼女がいるのを知っているのなら、柴田さんこそやんわりとあきらめるように導いてあげりゃいいのに。

急にけたけたと柴田さんが笑い出した。それでも黙っていると柴田さんが笑いながら言ってきた。

「三日月先生もそんな無理して隠さなくていいですよ。第一そんなふうに黙っているってことは、占いでも駄目だったって証拠じゃないですか」

いまにして思えば、はぐらかすようなことをしゃべっておけばよかった。あたしは酔っていたせいもあって苛立ち、意地になってしゃべらなかった。でも、無言を貫《つらぬ》いたことで、占いの結果が悪かったとかえって表明する形となってしまっていた。柴田さんもそう受け取ったらしく、「残念だわぁ」なんてにやにやとつぶやきながら帰っていったのだ。

熱心に占いに通ってくれていたマルちゃんがしばらく来ないな、と案じていたところ、商店街で彼女に会った。マルちゃんは怒っていた。

「ひどいじゃないですか。うちのオーナーに聞きましたよ。占いの結果、よくなかったんですね。なんではっきりと伝えてくれなかったんですか。どうしてあきらめろって言ってくれなかったんですか。時期尚早とか言ってわたしの片思いを長引かせて、もっと鑑定料をふんだくろうとしたわけですか」

あたしは占いの結果を踏まえてもう一度事細かに説明した。けれど、感情的になったマルちゃんは聞く耳を持たなかった。その後こじれにこじれ、マルちゃんは泣く泣くA君をあきらめた。

柴田さんという横槍《よこやり》が入ったからとはいえ、ひとつの恋を潰してしまった。あたしはひどく後悔した。反省もした。あのころのあたしは、心を痛めた人や悩んでいる人に占いで寄り添ってあげられているという自信があった。恥ずかしい話、ラブリ商店街の住人を占ったあとは、この街の平穏はあたしが守っているんだ、なんてことまで考えていた。ひどい慢心《まんしん》だ、本当に。

マルちゃんの一件以降、占いで相談者の心に寄り添おうとすると、あたしは疲れるようになった。寄り添う言葉を紡ぎ出すためには、自分の内面を見つめる必要がある。よく見つめて、自分というフィルターが正しいかどうか丹念《たんねん》にチェックしなければいけない。でも、あの一件でフィルターとしての在り方に自信が持てなくなってしまった。なにより先にマルちゃんへの申し訳なさがやってきて、自分ごときがフィルターなんて、と考えるようになってしまった。

ホロスコープを読むことだけならできる。けれど、伝える自分がぶれまくっていては、解釈の一貫性が失われてしまう。それでは占い師として失格だ。だから、あたしは占いをやめた。

雪広から西陽への恋をあきらめると聞かされたとき、泣きそうになったのはマルちゃんの一件を思い出したからだ。悩む人の心に寄り添えない無力感。申し訳なさ。マルちゃんのことから三年が経って、再びあの悲しい苦々しさを味わうとは思わなかった。

余計なお世話かもしれないけれど。いまさら遅いかもしれないけれど。

そう前置きしつつ半ば無理やり雪広を家へ呼んだ。家の前には三年ぶりに占いの小部屋・三日月の立て看板を出した。ほとんどが店じまいしてしまっているラブリ商店街で、ぽつんと自分の看板が出ているのは奇妙なような、誇らしいような、不思議な心持ちがした。

占いは当時と同じように居間で行った。バースチャートによれば雪広は射手《いて》座で惑星は太陽。たしかにおおらかだし、フレンドリーだ。犬たちは雪広と遊んでいるときやけに生き生きとする。あれは雪広の生命力に引っ張られてのことなんだろう。

「結局のところどうなんですか、西陽ちゃんとは」

座卓の向かいに座った雪広が神妙な面持ちで尋ねてくる。

「相性もいいし、時期的にも申し分ないね。ただね、これは前から感じていたことだし、占いでも出てるんだけど、重要になってくるのは雪広の関係の築き方だね」

「関係の築き方？」

「雪広は自分に自信のないタイプだろ。言い方が悪くなってしまうけれど、なんに対しても逃げ腰になりがち。責任のないほうへ逃げようとする。西陽ちゃんに対して釣り合わないって弱腰になるあたりもそう。人によっちゃ学歴がなかろうが収入がほとんどゼロだろうが、つき合いたいいって頑張る男もいるわけでさ」

「まあ、いますけどそれはやっぱり無責任ですよ」

「釣り合うかどうかを考える点で、雪広は誠実と言えば誠実だとあたしは思うけどね」

占いを長くやっていると、相談者がどんな言葉を求めているか見えてくる。都合のいい鑑定はしないつもりだけれど、その求めている言葉が占いによって導き出されてきたら、そのまま与えるようにしている。

その点、今回の雪広の占いでは、そういった気を回す必要はなかった。かねてから彼について考えていたことが占いの結果にも表れ、するすると読み取ることができたからだ。

「アドバイスをするなら、雪広は受け身じゃなくて自分からどんどん行ったほうがいいね。いままでのあんたの恋愛ってみんな受け身だったわけだろ。求められて関係が始まっていたわけだろ」

「まあ」

「それはね、あんたがやさしいからそういった受け身の関係性が多くなるんだよ。断れなかったりとかさ」

気まずそうに雪広が体を縮こませる。

「それでね、これは雪広の恋愛にかぎってのことじゃなくて、誰の恋愛においても大切なことなんだけど」

あたしは言葉を切ってひと呼吸置いた。雪広が言葉を待って目を大きく見開く。

「自ら求めていかなければ築けない関係性ってもんがあるからね。自分で切り開いて、手を伸ばさないと得られない関係性ってやつが。それは受け身で築き上げた関係性とは全然違うもんだからね」

雪広は目をつぶり、甚《いた》く感じ入ったように頷いた。あたしの言葉を胸に刻みこもうとしているのか、しばらくうつむいていたけれど目を開けて顔を上げた。

「だけど、おれ、自信がないせいでいつも同じところで立ち止まっちゃうんですよ。告白しても駄目かも、おれじゃ無理かもってところでストップしちゃうんです」

「そういう弱気はいったん棚上げしておけばいいんだよ。自分がどうのこうのという迷いは棚上げしておくの。それよりも自分が求めていることに素直になりな。自分の気持ちに正直になるんだよ。そのいい見本があんたの身近にはたくさんいるじゃないのさ」

「いい見本がたくさん？　誰ですか」

「ブックたちだよ」

「犬じゃないですか」

「そうだよ、犬だよ。ブックたち犬はあんたに対して、大好き、大好きって正直に気持ちをぶつけるじゃないか。ああいう純真な姿は美しいと思わないかい？　いとしくないかい？　ああいった姿勢こそいまの雪広には必要だと思うけどね。彼らから学んでもいいいんじゃないかな」

ゆっくりと雪広が頷く。

「もちろん、あんたは人間だからブックやミルクたちみたいに無邪気に好きだなんて言えないのはわかってる。けどさ、好きだって思える相手がいて、伝えられるのならば、きちんと伝えておくほうがいいとあたしは思うけどね。伝えられる雪広がうらやましいくらいさ」

あたしは居間の隅にある仏壇に目をやった。父ちゃんの遺影が和やかに微笑んでこちらを見ている。頑固親父がときおり見せたあたしのいちばん好きな表情だ。

見ると雪広も遺影を見つめていた。その横顔からはいままでとは違う決意のようなものが見て取れた。

その週の日曜日、東京は大量の雪が降った。雪原となった空き地をブックやミルクが駆け回る。パグもダックスフントもいる。雪が降って楽しいのか、足が冷たいからか、犬たちは跳ねるように走った。

雪雲は朝のうちに過ぎ去り、真っ青な空を一日拝《おが》むことができた。夕方になってスピーカーから『故郷』が流れ始める。やがて日が落ちると大地の雪は青に染まった。夜空の群青が雪に映っているのだ。

散歩を終えた飼い主と犬が、ひと組またひと組と帰っていく。最後まで残っていたブックに西陽が声をかけた。

「そろそろ帰ろうよ、ブック」

「ちょっと待ってください」

雪広が思いつめた表情で引き止めた。いよいよ思いを告げるつもりなんだろう。ということは、あたしはお邪魔虫ってわけだ。ふたりに向かって言う。

「あたしは晩ご飯の買い物に行かなくちゃならないからお先するよ」

ふたりに手を振って空き地から撤収する。長靴が雪に足首まで埋まる。歩きにくいったらありゃしない。けれど、告白を邪魔しちゃいけないから、なるたけ急いで離れる。路地の曲がり角までやってきたところで、あたしはそっと振り返った。

青く染まった雪の上にふたつの人影があった。そばにはふたりを見上げるブックの影がある。影までが青で染まり、青みがかった影絵のようだ。

さあ、雪広。自分から手を伸ばすんだよ。星の巡りは悪くないんだから。

それから、ブック。ふたりを見守る役目はおまえに任せたよ。ちゃんと見届けてやっておくれ。すべてが青に染められた今日、見守り役におまえほどの適任はいないよ。だっていつも青い犬として描かれているおまえにはぴったりじゃないのさ。

第五章　さようなら、ブック

横たわるブックの心臓が止まっていた。

「ブック！　起きてブック！　まだ死んじゃ駄目だよ！」

ブックの体を揺り動かす。心臓マッサージなんて教わったことはないけれど、心臓のあたりを必死に押してみる。

「起きてよ、ブック！　雪広だってまだ帰ってきてないんだよ！　逝《い》ったら駄目！」

びくんとブックが震えた。魂が帰ってきた。ブックがゆっくりと目を開ける。いまのいままで死にかけていたというのに顔を上げ、昼寝を邪魔されたかのような迷惑げな目つきでわたしを見た。

「なんだよ、西陽。せっかくいい夢を見てたってのにさ」

いまにもそんな文句を言いそうな顔をして、もたげていた頭をまた床につけた。心臓に触れてみる。きちんと動いている。口元に耳を寄せてみれば呼吸音が聞こえた。ひっそりとした息づかい。命の火が消えかかっている動物特有の息づかいに思えた。

昨日、かかりつけの動物病院へ連れていった。心停止したためだ。昨日も必死に呼びかけたらブックは戻ってきた。

心停止は病気のためじゃない。老衰《ろうすい》だ。もともと野良犬のブックは正確な年齢がわからない。商店街の住人の意見をすり合わせて考えてみれば、今年で十七歳を迎えているはずだった。

かかりつけの動物病院は吉村《よしむら》君というわたしの高校時代の同級生が開いている。四十歳になって体重は倍近くになっているけれど、むかしと変わらないやさしい笑みを浮かべ、診察台のブックを撫でて言った。

「大型犬で十七歳なんて大変な高齢なんだよ。人間で言ったら百歳を超えているからね。それなのにいままで自力で立って、ごはんも食べていたなんて、ほんとすごいことなんだよ。でもね」

吉村君はわたしの目を真っ直ぐ見た。

「もってあと一日か二日だと思うよ」

わかっていたことだった。ブックは一日のほとんどを寝てすごしていた。耳もよく聞こえていない。目はなんとか見えているようだが瞳の力が弱い。顔は白髪で真っ白になり、まつ毛まで白い。最も重いときで三十四キロを誇った体重も二十八キロまで落ちてしまっている。細くなったというより薄くなった。筋肉などまるで見当たらない。骨と皮ばかりだ。

立ち上がるときは全身を震わせながら、命を削るかのようにして立つ。やっと立ち上がっても、足の筋肉が削《そ》げ落ちてしまって関節に負担がかかるため、後ろの足は両方ともぷるぷると震える。歩けば股関節《こかんせつ》が弱まっているので足が上がらず、足先を地面に擦《こす》ってしまい、爪のあいだには血が滲《にじ》んだ。診察してくれた吉村君によれば、いまや心音も体温も血圧も低下しているという。

永遠に続く命なんてない。それはわかっている。だけど、ブックの余命が一日か二日だなんて。

吉村君から残された時間を告げられたとき、全身からいやな汗が噴《ふ》き出した。べっとりとした冷たい汗だ。直後、吐き気を催《もよお》してトイレに駆けこんだ。しかし、嘔吐《おうと》するためにトイレに駆けこんだのに、なぜか便意を催して下痢《げり》をした。すべて瞬時のこと。自分の体になにが起きているのか、自分自身でもわからなかった。いまになって思うに、あのときのわたしはあまりのショックで神経系がパニックを起こしてしまったのだろう。

「ありがとう」

昨日の診察後、吉村君はそう言ってわたしとブックに頭を下げた。わたしは涙が止まらなくなった。

わたしがブックを引き取って家で飼うようになったのは彼が十三歳のとき。なにか悪いものでも拾い食いしたのか、ひどい下痢をしてアスファルトに横倒しになっていた。慌てて病院へ連れていき、下痢止めの薬を出してもらい、点滴を打った。復調するまで一週間かかった。野放しにできないのでわたしの家で面倒を見た。その後、再び外暮らしをさせるのが忍びなくて引き取ることにしたのだ。

わたしが十年ぶりに帰ってきたとき、この街は変わり果てていた。そうしたなかで唯一変わらずに待っていてくれたのがブックだった。彼は父親との思い出を携えて待っていてくれた。その恩返しがしたくて我が家へ迎え入れようと決めたのだ。

商店街の各家庭を回り、了承をもらった。なにしろブックはラブリ商店街のマスコット的存在だった。引き取りたいと申し出たら感謝された。老齢のブックが軒先で寝ているのを見るのはかわいそうだったという声が多かった。

ブックはブックで室内飼いに順応するまで大変だったと思う。長いあいだ気ままな外暮らしだったのだ。家に入れたら、好きなときに好きな場所へ行きたがった。ままならないと外へ出たいと吠えた。

近所迷惑となるので、つんつんと鼻でわたしをつつけば外へ出られるのだと教えてみた。これは雪広からのアドバイスだ。つついたら必ず外へ出してやる。外に出たら自由にさせ、辛抱《しんぼう》強くついて回り、最後になだめて連れて帰る。やがてブックは吠えなくなり、沢井家を自分の家だと認識してくれた。さすがラブリ商店街の笛吹き男。犬の扱い方を心得ているのだ。

日中はブックをわたしのギャラリー兼アトリエへ連れていった。ラブリ商店街の空き店舗を借り、改装したのだ。

ギャラリーの名前は〈ギャラリー青〉。天井も壁も床も真っ白だけれど、青が好きなのでこの名前に決めた。空き店舗はかつてクリーニング屋だったところで、奥にあった住居部分をアトリエに改装した。わたしが絵を描くためにアトリエにこもるときは、ブックは足下で丸くなって眠る。ギャラリーで個展が開かれているときは、看板犬として来客をもてなした。

そうした生活を四年送り、ブックは老いのため看板犬を引退した。引退後はほとんど寝てばかりだ。散歩も行きたがらなくなった。急《せ》かさないと外へ行かない。行ったら行ったで楽しそうに歩くのだが、出かけるのが面倒なようだった。

先週、ブックはなにもないところで転んだ。大腿《だいたい》部を打撲《だぼく》して立てなくなった。動けなくなるといっきに調子を崩した。

以前はおしっこに行きたくなると、鼻でわたしをつついて教えた。つつけば外に出られると教えたこととの応用編だ。

「おしっこしたいんだけど」

つんつんしたあとのブックはわたしを見上げてそう目でも訴えた。しかし、調子を崩してからは動くのがしんどくなったのか、あるいは尿意《にょうい》を自覚できなくなったのか、横になったままゆるゆるともらす。立ち上がろうとして踏ん張れば、ころんと糞《ふん》を落とした。叱ったりはしない。ブックは頭のいい犬だ。粗相《そそう》してしまったと理解できる。自尊心だってあるだろう。だから、笑顔で撫でてやるのだ。

「おしっこしたかったんだね。いいよ、いいよ、しちゃっても」

「立派なうんちが出たねえ。いいうんちをして偉いねえ。十七歳でもブックの胃腸は絶好調だね」

おしっこやうんちをもらせば床も犬用のベッドも汚れる。ブックはおなかのあたりの被毛が長いので濡れれば拭き取るのが大変だ。けれど、それがなんだって言うんだ。おしっこだってうんちだってブックの生きている証《あかし》だ。

かつてわたしは犬に詳しくなくてブックの犬種もわからなかった。吉村君が教えてくれた。アイリッシュ・セッターだという。鳥追いの猟犬だ。

大型犬であるアイリッシュ・セッターが十七歳を迎えるなんて普通なら考えられないことだと吉村君は言っていた。大型犬は三歳までは幼犬、六歳までは良犬、九歳までは老犬、十歳以上は神様からの贈り物の時間と言われるそうだ。

動物保護センターなどでは老犬は貰《もら》い手がつかないらしい。処分されてしまうことが多いそうだ。十三歳だったブックを引き取ることを吉村君に伝えると、よほど感心したのか礼を言われた。

「沢井さん、それは本当にすばらしいことだよ。ありがとう」

吉村君はことあるごとにわたしに礼を言った。しゃべれないブックの代わりに礼を言っているという意味合いのようだった。そして、心停止したことで駆けこんだ昨日も、吉村君は診察後に言った。

「ありがとう」

いままでと意味合いの違うありがとうであることはわたしにもわかった。診察の結果、ブックの余命はあと一日か二日。つまり、最後のありがとうだ。もう病院へ来なくていいですよ、家でゆっくり看取ってあげてください、長寿の犬を最後まで担当させてくれてありがとう、そういうありがとうだった。

「吉村君、こちらこそ本当にありがとう」

診察台をはさんでわたしは涙を流しながら深々と頭を下げた。吉村君はブックに残されている時間をごまかさずに伝えてくれた。無理な延命治療はブックのためにならないこともきちんと説明してくれた。

吉村君の腕は左右とも傷だらけだ。診察の際に嚙まれたり引っかかれたりしてできた傷だ。あまりに忙しいのか無精髭《ぶしょうひげ》を生やし、汗と動物のにおいが混じったような体臭をしている。苦手な人はきっと顔を背けるだろう。わたしは気にならなかった。彼のまぶしい生き方にばかり目が行くから。

ギャラリー青にはブック用の手押し台車が常備してある。台車に箱をくくりつけ、中にクッションを敷き詰めてある。病院からの帰り道、ブックが横たわる台車を押しながらわたしは泣いた。悲しいのと感謝の気持ちが半分ずつ。感謝は吉村君に対して。ブックを連れて病院へ駆けこんだのは助けてほしいからだったけれど、違う思いもあった。

わたしは十七歳まで生きたブックの生涯《しょうがい》を誰かに褒めてほしかったのだ。ブックはすごいね、偉いね、頑張ったね、この一生を誇りに思っていいよ、と。吉村君はわたしの望み通り、ブックを褒めてくれた。素晴らしい獣医だと思う。


路地に面しているギャラリー青のガラスサッシが慌ただしく開いた。雪広が血相を変えて飛びこんでくる。店をアルバイトに任せて大急ぎで帰ってきたのだろう。

「ブックは?」

「いまちょっと危なかった。昨日みたいに心臓が止まりかかったの。でも、いまは大丈夫みたい」

雪広は一瞬だけ泣き顔になる。無理やり笑顔を作り、犬用ベッドに横たわるブックの傍《かたわ》らに腰を下ろした。

ブックが調子を崩してからは、ギャラリーの隅にブックの寝床を作り、わたしもそばにクッションを敷いていっしょに過ごしてきた。容態が急変しても即座に対応できるように夜もいっしょなのだ。

雪広がブックの顔を覗きこむ。尻尾がぱたぱたと振られた。目は開いていない。耳も遠い。それでも雪広が帰ってきたことがわかったようだった。

「においでわかったんだな」

そう言って雪広はブックの横顔をやさしく撫でた。においだけで気づき、尻尾を振って喜んでくれる。わたしも雪広も泣いてしまった。

ありがとうね、ブック。わたしたちの家族になってくれて。雪広と家族になれたのもブックのおかげだよ。いまラブリ商店街が活気を取り戻しつつあるのもブックのおかげ。本当にありがとう。そして、いまこうしていっしょに過ごしている時間が神様から贈られたものだというなら、その神様に感謝しなくちゃね。

でも、神様。願いを聞いてくださるならばあとひとつだけ。

もう一度ブックと散歩に行かせてください。

ほんの数メートルでもいい。五分に満たなくてもいい。

ブックともう一度だけお散歩を。

わたしは両手を組んで祈った。

「西陽ちゃん、起きて！　すぐ起きて！」

雪広に肩を揺さぶられて目を覚ます。残された時間の少ないブックのために眠らないつもりだったのに、背中を壁に預けているうちに眠ってしまっていた。午前四時まではちゃんと起きていたのに。

「え、どうしたの」

ギャラリーに差しこんでくる朝日がまぶしくて目が開かない。眠っているあいだにブックが旅立ってしまったのかも。慌てて頭を振り、目を凝《こ》らした。

光の中、ブックが立っていた。ガラスサッシの外を見つめている。立っている姿を見たのは一週間ぶりだ。ブックが外を眺めているときは散歩に出かけたいとき。

「ブック、お散歩?」

おずおずと訊いてみる。反応はない。聞こえていないのだ。立ち上がり、痩せて屈《かが》まった背に手を添える。ブックはわたしを見上げ、尻尾を振った。

「神様」

ぽろりとそんな言葉がわたしの口から漏れた。神様が最後の散歩をプレゼントしてくれたのだ。

ブックはよろよろと路地を歩いた。十月の朝の風は涼やかで、昇りたての太陽の光はやわらかい。路地はまだ誰も歩いていない。この街がまるでブックとわたしたちだけのものであるかのようだ。

「無理しないでいいよ」

「そっと歩きな」

わたしも雪広も心配してブックに声をかける。いつ倒れてもいいようにブックをはさみこむ形で歩いた。

ブックはメインストリートの入口まで歩くと、視線を上げてまだ眠るラブリ商店街を眺めた。思い出に浸っているのだろうか。この街の変化に思いを馳せているのだろうか。わたしがブックを迎え入れてからの四年間でラブリ商店街は大きく変化した。

シャッターが下りっぱなしだった空き店舗のうち、四つが取り壊されてコインパーキングになった。空き店舗を貸し出してその使い方やテナント料金で揉めるより、コインパーキングにして収入を得たほうがいいと考えたのだろう。小さな商店街に四つのコインパーキング。商店街が歯抜けのすかすかになったようで寂しくなった。

しかしながら、そんな寂しい街で雪広はマルコ・ポーロをリニューアルオープンさせた。わたしといっしょになったのを機に、もう一度この街で踏ん張ってみようと決心したのだという。

パン屋を再開するにあたって、雪広は彼の父親を含めたほうぼうから五百万円もの借金をした。閉店したときに売り払っていた業務用オーブンやミキサーやパイ生地ローラーなどのパン作りに必要な機器を再び購入するための支金が必要だったのだ。

五百万円もの借金は厳しい額だ。けれど、雪広の見通しによればあと六年で完済できるという。もしかしたら、もっと早まるかもしれないとのこと。それは現在パン屋が繁盛《はんじょう》しているからだ。雪広の作るパンは美味しい。人気が出て当然だとわたしは思う。ただ、そこにブックのちょっとした助けが加わっている。

リニューアルオープンするにあたり、雪広は悩んでいた。かつて営業していたころはフオカッチャやパニーニなど、主にイタリア由来のパンが売れていた。それらは雪広の前の奥さんが作っていたもの。雪広が得意とするのはクリームパンやカレーパンなどのどこでも売っているようなパンだ。でも、それではパン屋として売りがないに等しい。

そこでわたしが提案したのが「ブックのメロンパン」とか「ブックのクリームパン」というネーミングで売ることだった。雪広もブックがメロンパンの言葉でおすわりをし、クリームパンでお手をすることを知っていた。そうした芸当と絡《から》めて売れば面白いとわたしは思ったのだ。

ところが雪広はなかなか首を縦《たて》に振らなかった。彼には煮えきらないところがある。リニューアルオープンの前日になっても、いいとも悪いとも言わない。

なのでわたしは新たに立ち上げてあったマルコ・ポーロの公式ブログに、パンの名前でお手やおすわりをするブックの動画を勝手に載せてみた。動画共有サイトにも同じ動画を載せた。

　すると、「ブックちゃんはどこですか」と訪ねてくる客が次々と現れ、動画共有サイトに載せた動画は再生回数が一週間で十万回を超えた。「ブックちゃん、かわいい」とか「頭のいい子」とコメントが書きこまれ、海外の人たちからも注目される始末。雪広は大慌てで値札のポップを「ブックのメロンパン」や「ブックのクリームパン」へと書き直した。

　ブックが客をたくさん呼んでくれた。そこで満足してはいけないと雪広は兜《かぶと》の緒《お》を締《し》め直した。多くの客が訪れてくれているうちに、目玉商品を考案しようと日夜努力した。試食はわたしと三日月さんの役目。唾液《だえき》が出なくなるほどたくさんのパンを食べ、ふたりでそろってイチオシとしたのが明太子《めんたいこ》とフランスパンを使った明太フランスだ。雪広も自信作のようだった。

　フランスパンを外はかりかりに香《こう》ばしく、中はふわっともちもちに焼き、たっぷりの明太子にバターとマヨネーズを加えて作ったクリームをはさみこむ。もちもちの生地と明太子の風味が絶妙で、焼きたてがまた格別に美味しいのだ。ごはん党の三日月さんも気に入ったようで、何度も「太鼓判《たいこばん》を押すよ」と言ってくれた。

　雪広といっしょになってわかったことがある。彼はいわゆる学校の勉強は苦手だ。でも、地道な探究心ならある。興味があるものは淡々としながらもどこまでも突き詰めていく。犬に関してびっくりするほど豊富な知識があるのは、その探究心ゆえだと思う。明太フランスのパンの焼き方やクリームの作り方についても、雪広は毎日ほぼ徹夜で試行錯誤をくり返していた。彼の父親は研究開発職だった。受け継いでいるものがあるのだろう。

わたしとしてはそういう雪広ののめりこんでいくところは尊敬できたし、ありがたくもあった。わたしも絵を描いていると夢中になりすぎてしまう。没頭して周りが見えなくなる。雪広も同じタイプであって、お互い様でいられるのだった。

明太フランスはすぐに大変な人気商品となった。わたしと三日月さんの見立て通りだ。開店と同時に売り切れ、土日ともなると電話予約の分のみで完売状態となる。もちろん、ほかのパンも美味しくてよく売れ、マルコ・ポーロは小さな店なのにアルバイトを三人も雇《やと》わないといけないくらいの繁盛店となった。

経営が軌道《きどう》に乗り始めたころ、商店街に新たにふたつの店ができた。カフェのララと蕎《そ》麦《ば》屋の松吉《まつよし》だ。

カフェのララはキッチンカーで移動カフェをしていた二十代の夫婦が店舗を持ちたくて場所を探しているうちに、テナント料の安いラブリ商店街にたどり着いたのだという。ララはコーヒーが自慢のおしゃれで愛らしいカフェだ。

蕎麦屋の松吉はこだわりの店。蕎麦打ちはもちろんのこと、つけ合わせの野菜は自分の畑で作り、器も陶芸をやる店主がすべて焼く。店主はラブリ商店街の出身だそうだ。浅草《あさくさ》の有名な蕎麦屋で修業していたのだけれど、独立して店を構えようと思ったときに帰ることを選択したという。店名は店主の父親の名前をもらったらしい。

ララのご夫婦も松吉の店主も、すっかり廃れていたラブリ商店街でマルコ・ポーロが繁盛しているのを見て、勇気をもらったと言っていた。そのララも松吉もすぐに人気店となった。

きっかけはブックなんじゃないかな、とわたしは思っている。彼の芸が客を呼びこみ、おかげでマルコ・ポーロが繁盛し、ララと松吉が続いた。ブックに会いに来て、パンを買い、カフェに立ち寄り、蕎麦を食べて帰るといった客が増えていった。遠方から車でやってくる客もいるようだ。幸いなことにラブリ商店街にはコインパーキングが四つもある。車の客もウェルカムなのだ。

また、ラブリ商店街を衰退させた大型ショッピングモールが隣のまたさらに隣の街にあることも好都合となっているようだ。ショッピングモールは多くの人を集める。買いたいものはだいたいなんでもそろう。しかし、こだわりたっぷりの美味しいパンやコーヒーや蕎麦を味わいたいなら、ラブリ商店街のほうがいいと考える人が多くいるようだ。ショッピングモール帰りの客がかなり押しかけるようになった。

商店街ではさらなる活性化のため、若くても出店したい創業者を募ることになった。そこで声がかかったのがこのわたしだった。

商店街の人たちにとってのわたしの認識は、ブックを描く絵描きというものだったようだ。絵描きならばギャラリーを開いてみるのはどうかと打診を受け、さんざん迷った挙句、レンタルギャラリーを開くことにした。

ギャラリー青のテナント料は、店舗つき住宅でありながら月々たった十万円。この破格の値段は、わたしが商店街のマスコットだったブックの飼い主となったから、という特例だった。まったくもってブックさまさまというわけだ。いまは一週間二万円のギャラリーレンタル料と自分が描いた絵を売ったお金で、テナント料を払っている。

絵は以前に描いたものが売れることもあるし、依頼を受けて描くこともある。どちらにしても売買の橋渡し役を三日月さんが買って出てくれている。絵が好きな知人の占い師が多くいるそうで売りこんでくれるのだ。そこからまたつながりが生まれ、購入してくれる人を探し出してきてくれる。占い師は顔が広いらしく、いまのところ制作のスケジュールは半年先まで埋まっている。

東京タワーが見えるあの部屋で絵が描けなくて苦しんでいた日々が、いまでは遠いむかしのことのようだ。あのころはまるで風が吹かない凪《なぎ》の状態だった。舟がまったく進まず、周囲は見渡すかぎりの水平線で、ただただ途方に暮れていた。でも、いまは前進するための風が吹いている。気持ちのいい風だ。自分の人生も悪くないな、なんて考える瞬間がある。

それもこれもブックのおかげだ。ブックのおかげでまた絵が描けるようになった。かつては作品と商品のあいだで足掻いたりもしていたけれど、青で描いたブックの絵が売れるようになってわかったことがある。いい作品はいい商品になる。いい商品がいい作品とはかぎらないけれども。

わたしも雪広もブックを眺めながら、ことあるごとに口にした。

「ブックのおかげだよ」

ラブリ商店街の住人たちも、ブックがきっかけで賑《にぎ》わいが戻ってきたことを知っているので、同じように言った。

「ブックのおかげだよ」

商店街では新たに北欧系の雑貨を集めた店ができた。つけ麵《めん》が売りのラーメン屋もできた。以前から引き続き営業している美容室スズランは、改装してきれいな店に生まれ変わった。暗く澱《よど》んだ空気に満ちていた八百屋や精肉店も明るさが戻ってきた。ラブリ商店街はかつての閑散《かんさん》とした状態から蘇生しつつあった。

朝日を浴びて立つブックの背中に、わたしはそっと手を添えた。老いて肉が落ち、肩甲《けんこう》骨《こつ》に直接触れているかのようだ。

ねえ、ブック。もっと誇らしく思っていいんだよ。わたしはブックの後頭部を撫でながら耳元に口を寄せる。聞こえるかどうかわからない。でも、聞こえてほしいと願ってやや大きめの声で言う。

「ねえ、ブック。見て。ブックが変えた街だよ」

ブックはもにゃもにゃと口を動かした。街並みから視線を外すと、数秒かかってよろけながら方向転換した。震える足で前に進む。わたしと雪広は顔を見合わせた。雪広の眉間《みけん》にしわが寄っている。

「ブックのやつ、どこに行くつもりなんだろう」

「行きたいところがあるみたいな感じだよね」

わたしたちは再びブックをはさみこみ、彼とともに通りを歩いた。


歩みがどんどん遅くなっていく。足取りは頼りなく、平らなアスファルトだというのによろけた。

ふいにブックは足を止めた。深くうなだれる。地面に鼻がつきそうだ。呼吸も荒い。つらくて止まったようだった。

「これ以上は歩かせるのはまずいかもしれないな」

雪広が見ていられないとばかりに言う。わたしは返事ができない。どうしたらいいのかわからない。吉村君からはブックに残された時間は少ないと言い渡されている。余命が尽きるのは明日かもしれないし一秒後かもしれない。

一秒でも長く生きてもらおうとするなら、いますぐブックを抱えて帰るべきだ。けれど、ベッドに横たわってのささやかな延命をブックは求めているだろうか。一生のほとんどを定まった寝床さえ持たず、自由気ままに生きてきたブックが、連れ帰られることを望むだろうか。

「ねえ、雪広。ブックの好きにさせてやろうよ。行きたいところがあるなら行かせてあげようよ」

最期の瞬間まで犬らしく、ブックらしく生きてほしい。

そのためにいまこの瞬間の選択をブックから奪いたくない。

「わかった。ちゃんと見届けてあげよう」

答える雪広の目は涙に濡れていた。わたしの視界も涙で歪《ゆが》んだ。

ブックがまた歩き出した。使命感に駆られているかのように前に進む。向かったのは商店街の南に広がる空き地だ。若いころだったら五秒で駆け抜けた道を、十分近くかけてふらふらと歩いた。

空き地の下草が朝露《あさつゆ》に濡れて輝いていた。太陽がぐいぐいと昇っていき、空は健やかな青に染まっていく。

ブックは空き地の入口で立ち尽くした。中に入ろうとしない。入って戻ってくるだけの体力がないことを自覚しているのだろうか。ぼんやりと空き地を眺めている。

雪広がわたしに囁《ささや》く。

「見納めと思っているのかな」

「見回りかもよ」

ラブリ商店街はブックの街。この南側の空き地はブックの王国。元気だったころは隈《くま》なく歩き、においをつけて回っていた。ほかの犬がつけていったにおいを嗅ぎ、その犬が元気にやっているかのチェックもしていたかもしれない。

「ブックちゃん！」

背後から声がして、振り返ると真希子さんが立っていた。朝のゴミ出しに来たようだった。真っ白な中型のミックス犬であるミルクの飼い主だ。

「ブックちゃん、立ってるじゃないの」

真希子さんが驚きの声を上げる。ブックの容態はこの空き地へ犬の散歩に来る仲間には、逐一《ちくいち》伝えてあった。余命が一日か二日と宣告されたことも。

「今朝、久々に立ち上がったんです。自分でここまでやってきたんですよ。最後の見回りかもしれないです」

わたしの最後の見回りという言葉に、真希子さんは静かに頷いた。かつて真希子さんはニキというゴールデン・レトリーバーを飼っていたそうだ。美しい子でブックのガールフレンドだったという。ニキを看取った経験があるので、最後の見回りというわたしの言葉を重く大切に受け止めてくれたようだった。

「ちょっと待ってて」

真希子さんはそう言うと携帯電話を取り出してメールを打ち出した。何件も送っている。そのうち商店街から莉奈ちゃんが駆けてきた。十九歳になる真希子さんの娘さんだ。莉奈ちゃんの手にはミルクのリードが握られている。

「お母さん、ブックは」

莉奈ちゃんは慌てて出てきたようでサンダル姿だ。

「あそこ」

真希子さんが立ち尽くしているブックを指差す。莉奈ちゃんは手からミルクのリードを放した。ミルクがブックに駆け寄る。うれしそうにブックの周りを跳ね回る。

「お、なんだ。ミルクか」

ブックはそんな表情をしてから、また空き地を眺めた。ミルクがブックの口の横を舐める。敬愛を意味する犬のしぐさ。

ミルクもいまや十歳だ。ブックのあとを継いで空き地に集まる犬たちのリーダーに納まっている。この空き地に新入りがやってきたらまずは一喝し、ここには縦社会があることを教える。新入りが厄介な子でなければ、ミルクは歓迎して遊んでやった。新入りは子犬である場合が多い。犬同士の遊び方や力加減をまだ知らない。ミルクは腹を見せて寝転がり、わざとじゃれつかせ、子犬に力加減や犬同士の遊び方を教えていく。真希子さんによれば、かつてブックが幼いミルクにしてやっていたことだという。

　犬が吠える声が聞こえ、振り返るとトイプードルのピノが飼い主と走ってくる。大きな和犬の雑種であるジョンもやってきた。真希子さんがピノやジョンの飼い主たちに、ブックがここにいることをメールで伝えてくれたようだった。

　いつもこの空き地を遊び場としている犬たちが続々とやってくる。チワワのチワ太、黒《くろ》柴《しば》の杏《あん》、ケアンテリアのミッキー、ポインターのゾーイ、フレンチ・ブルドッグの龍太《りゅうた》郎《ろう》、イングリッシュ・スプリンガー・スパニエルのケリー。

　わたしも犬に詳しくなったものだ。ブックと暮らしたらほかの犬と触れ合う機会が増えた。雪広からも犬に関する知識をたくさん学んだ。ブックと暮らした日々は、犬の素晴らしさを知る日々だった。

　やってきた犬たちが大喜びでブックに駆け寄っていく。ブックの口の横を我先にと舐める。ブックはゆるやかに尻尾を振った。これは空き地へブックと散歩に来たときにいつも見ていた光景だ。ブックがやってくればみんな集まってくる。みんなブックが大好きだった。

　わたしはまた泣いてしまう。骨と皮ばかりになったブックを、みんなこうして慕《した》ってくれているなんて。隣に立つ雪広がブックを見ながら言う。

「本当に不思議な犬だよ、ブックは。みんなすぐに集まってくるもんな」

集まるのは犬だけではない。犬の飼い主たちも、凜々しくて聡明で明るいブックが大好きで、みんな笑顔になって集まったものだった。わたしはこの街に帰ってきてからの五年間についてしか知らないけれど、ブックが向かうところには必ず人が集まり、犬も集まった。

みんなを集める不思議な犬、ブック。いまラブリ商店街に客が集まりつつあるのだって、ブックのおかげなのだから。

ブックを取り囲んでいた犬たちが左右に分かれて道を作った。ブックがわたしと雪広に向かって歩き出したからだ。

「空き地はもういいの？」

尋ねるとブックは顔を上げ、白く濁った瞳でわたしを見つめた。

「もういいよ、西陽。行こうよ」

ブックはよたよた歩き出した。ギャラリー青のほうへ進んでいく。ほかの犬たちは追いかけてこない。立ち尽くしたり、おすわりしたりしながら、ブックの背中を見守っていた。

これでお別れなんだ。さようならなんだ。犬たちは悟《さと》っているかのようだった。

犬には死の概念がないという。だから、死の恐怖もないと聞いた。

けれど、わたしは思う。犬に死の概念はなくたって別れの悲しみはあるはずだ。寂しさだって知っているはずだ。

人間のように言葉で再会の約束を交わさないからこそ、別れの悲しさや寂しさは人間の何百倍も深いと思う。犬たちは慰めの言葉を持たぬまま別れるのだから。

「くうん、くうん」

最も幼いトイプードルのピノが鳴いた。ブックが最後に遊び相手になってあげていた子だ。

ブックは振り返らない。ふらつきながら進んでいく。もはや振り返る力もないようだった。わたしと雪広はブックにつき添ってゆっくりと歩いた。

やがてブックはギャラリー青も通りすぎ、さらに歩いていこうとした。ギャラリー青を通りすぎたとき、わたしと雪広は顔を見合わせた。きっと彼もわたしと同じことを考えたに違いない。ブックは意識が混濁《こんだく》してしまって、帰るべき場所がわかっていないんじゃないだろうか、と。雪広が呼びかけた。耳が遠くなったブックのために大きな声で。

「おい、ブック、どこに行くんだよ。おまえのうちはここだよ」

ブックは歩みを止めない。もしや意識もなくただやみくもに歩いているのでは。ブックはそのままひとブロックを通りすぎ、月極《つきぎ》め駐車場の手前まで進んだ。

急によろめいた。がくりと後ろ脚が折れる。寄り添っていたわたしはとっさに両手を差し伸べた。腕の中にどさりと倒れこんでくる。

「ブック！」

抱きかかえると息が荒い。ブック、ブックと耳元で呼びかける。ブックは目を閉じたまま口からだらりと舌を出した。体温がさらに低くなっていた。ブックの体の機能が停止しようとしている。抱きかかえた腕の内側でそのことをまざまざと感じた。

雪広が抱き上げてギャラリー青に戻る。犬用ベッドに横たえた。空き地から遠目に見守っていた真希子さんたちが駆けつけてきた。みんなでブックの名前を何度も呼んだ。

ブックは昏々《こんこん》と眠り続けた。このまま逝ってしまうんじゃないかと思った。ただ、それはそれでいいのかもと考えた。

雪広はパン屋を臨時休業した。わたしといっしょにブックの傍らに腰を下ろして見守った。ブックはぴくりとも動かない。寝息があまりに静かで聞こえず、息が止まっているのではと慌てて心臓に手を当てたりした。もう吉村君に宣告された余命の二日は過ぎつつある。ブックは頑張っていた。

夕方の四時を回ったころだ。ブックがよろよろと立ち上がった。またひっくり返るのではわたしと雪広は手を差し伸べつつ、ブックを囲んだ。当のブックはそんなわたしたちなど気にも留めず、入口のガラスサッシへ向かっていく。

「どこに行くつもりなの。今日はもうお外に行かないでゆっくり眠ってなさい」

ブックは鼻をガラスにぺたりとつけたまま外を見ている。なんとしても外へ出たいらしい。

出してやると、しんどそうにふらつきながら歩いていく。朝方に倒れた月極め駐車場の方向へ向かっていた。わたしも雪広もそのあとを追う。

「ねえ、ブック。どうしたいの。なにかしたいことでもあるの」

尋ねつつも、わたしの頭の中に悲しい考えが浮かんでいた。もうブックは徘徊《はいかい》している状態なんじゃないだろうか。あの賢かったブックはもういないんじゃないだろうか。

「あ」

急に雪広が立ち止まった。

「どうしたの」

「ブックがなにをしたいのか、おれ、わかったよ」

「なにをしたいの」

「車に乗りたいんだよ」

雪広の口からもれた「車」という言葉にブックも足を止めた。前を向いたままゆらゆらと尻尾を振っている。わたしはブックの前に回りこみ、頭を撫でつつ尋ねた。

「車なの？　車に乗りたいの？」

ブックは目を細め、さらに尻尾を振った。

そうだったのか。ブックが月極め駐車場に向かっていたのはそのせいだったのか。いつも乗せてあげていた雪広の車が駐まっている駐車場へ行きたかったのか。

ブックはなぜかわからないけれど車に乗るのが大好きだった。隙あらば乗ろうとする。ラブリ商店街では車のドアを開けっ放しにするのは気をつけろ、と合言葉のように言い合っていた。開けっ放しにしておくと、すぐにブックが乗ってしまうから。

不可解だったのは車に乗ったブックが、もうあとはどうでもいいとばかりに座席や床で丸くなって寝てしまうことだ。雪広の車に乗せて何度も出かけたけれど、ブックは興奮するでもなく、窓から外を眺めようとするでもなく、すぐに眠ってしまうのだ。

寝るだけなのになぜ車に乗りたがるのか。わたしも雪広もラブリ商店街の人たちも理由がわからなくて推論を重ねた。

「乗るとどこか楽しいところに連れていってもらえると思ってるんじゃないかな」

「置いてけぼりがいやなんでしょう」

「車の揺れが昼寝に最適だからよ」

結局、わからずじまいで、ドライブが大好きというありがちな結論に落ち着いた。

「ねえ、雪広。車の鍵を取ってきて」

「ブックを乗せるのかい」

わたしは強く頷いた。

「ねえ、西陽ちゃん。それってブックが二度と家に戻らないことになるかもよ」

「わかってる。でも、こんな状態のブックが望んでるんだよ。叶えてあげようよ」

雪広は踵《きびす》を返して車の鍵を取りに走っていった。一分もかからずに鍵の束をじゃらじゃら鳴らしながら戻ってくる。ブックが尻尾を振った。鍵の束の音が聞こえたらしい。やはり、鍵の束の音は彼にとって特別なのだ。

ブックはどんなに深く寝入っていても、鍵の束の音が聞こえたら飛び起きた。鍵の音イコール車に乗れると考えているようで、尻尾を振って先に玄関へ行き、待機していたものだった。

雪広の車は中古のファミリータイプのワンボックスカーだ。最後部の広いラゲッジスペースにはブックのベッドが常に設置してある。

以前のブックならスライドドアを開けてやれば軽やかに乗りこんだ。ハッチを開ければ飛び乗った。いまはわたしが抱いて乗りこむ。ブックをベッドに寝かせ、わたしはその隣に腰を下ろした。

雪広が運転席に乗りこみ、エンジンをかける。すると、ブックがうつ伏せのまま いままで聞いたことがないほど深いため息をついた。

「いまのため息、聞こえた?」

運転席の雪広に尋ねる。

「聞こえたよ。大きなため息だったな」

「なんのため息かな」

「安堵《あんど》って感じじゃないのかな」

「どうしても車に乗りたかったんだろうね」

でも、なぜ。

死力を振り絞ってまで車に乗りたい理由がわからない。

雪広がギアを入れて車を発進させようとしたそのときだ。ドアが外からノックされた。見ると真希子さんだ。莉奈ちゃんもいる。犬の飼い主たちやラブリ商店街の住人もいる。わたしは窓を開けて尋ねた。

「みなさんどうしたんですか」

真希子さんが代表で答えた。

「夕方の犬の散歩に行こうとしたら、西陽ちゃんがブックと車に乗るのが見えたから、なにかあったんじゃないかと思って。みんなにも連絡して急いで来たの」

車を囲む人垣の中から三日月さんが出てきた。恐る恐る三日月さんが訊いてくる。

「もしかしてブックはもう？」

「大丈夫です。目は閉じたままですけど」

「いまから病院かい」

「いえ、ドライブです」

「ドライブ?」

「はい、ブックの大好きなドライブ」

当然、ラブリ商店街の人たちはブックのドライブ好きは知っている。

「ブックがどうしても車に乗りたがったので乗せてあげようって。最後のドライブになるかもしれませんけど」

わたしのその言葉で、しんとみんな静まってしまった。

「わたしも行く」

莉奈ちゃんが手を挙げた。真希子さんがたしなめる。

「こら、莉奈。遊びに行くんじゃないんだよ」

「ぼくも行きたいです。ブックのそばにいたいです」

美容室スズランの息子、薫風君だ。高校卒業後、美容師の専門学校へ行き、青山にある美容室で働いていたが二十五歳になったのを機に帰ってきた。いまはスズランで働いている。薫風君は中学生のころ、若かったブックとさんざんボール投げをして遊んでやっていたそうだ。

「行ってもいいよね、ブック」

薫風君が車内に向かってゆっくりと大きな声で呼びかける。耳の遠いブックのためにだ。ブックはうつ伏せで目を閉じたまま、床を掃くようにして尻尾を左右に振った。

ほかにも何人もの人がドライブに同行したいと名乗り出てくれた。残念ながら全員は車に乗りきれない。最初に名乗り出てくれた莉奈ちゃんと薫風君、それから真希子さんと三日月さんに乗ってもらうことになった。

ブックの名を呼ぶ声がひっきりなしに飛ぶ中、雪広はそろそろと車を出した。新青梅街《しんおうめ》道へ出て、西へと向かう。

二列目のシートに真希子さんと莉奈ちゃんと薫風君が座った。後ろを振り向いて最後部のスペースにいるわたしとブックを見下ろす。

「ほら、ブック。みんな来てくれたよ。いっしょにドライブだよ」

撫でながら教えると、ブックは尻尾を振った。

「本当に来てよかったのかな」と莉奈ちゃんが真希子さんの目を気にしつつつぶやく。わたしは言ってあげる。

「大丈夫だよ。ブックはいつもラブリ商店街でみんなの中心だった子でしょ。にぎやかなほうが好きなはずだよ。湿っぽくなるのはやめてくれよ、なんて思ってるかもしれない。楽しいドライブにしてあげようよ」

国道十六号線とぶつかったところで南へ進路を取る。横田《よこた》基地を左に見ながら福生《ふっさ》の街を抜けていく。ちょうど夕暮れどきで、車は夕日を背負う形で走った。

「前はよくこの道をブックとドライブしたよね」

ハンドルを握る雪広に語りかける。

「そうだったね」

「そのおかげでわたしたちはくっついたんだもんね。たくさんドライブしてたくさんお話をしてさ」

「え、なんだい、それ」と助手席に座る三日月さんが振り返った。「あたしはドライブの報告なんて雪広から一度も受けてないよ。雪広には占いでいろいろアドバイスしてやったのにさ」

「あはは、すみません」

雪広が申し訳なさそうに頭をぼりぼりと掻いた。

「まどろっこしい男のくせに、抜け目ないところもあるんだね、あんたって子はさ」

もう五年も前のことだ。雪広は三日月さんに背中を押され、わたしに告白しようと試みたらしい。大雪が降った次の日のことだ。けれど、雪広は自信がなくて告白できなかったという。

「雪広も作戦をいろいろと練っていたみたいですよ」

わたしは告げ口っぽい口調で三日月さんに報告する。

「作戦?」

「わたしを誘って出かけたいのに勇気がなくて、偶然出くわさないか商店街をぶらぶらしたり、わたしのブログに丁寧なコメントを書いてみたり。そうそう、ブックもよく利用されていたんです」

「どんなふうにだい」

「仕事から車で帰ってきたら、ブックがドライブに行きたがって車のドアの前から動かないから、いっしょに行きませんか、なんて」

三日月さんが雪広の肩を叩く。

「あんた、ブックに頼るなんて情けない男だねえ」

「ブックにはちゃんと報酬《ほうしゅう》を与えていたんですよ。鶏肉の燻製《くんせい》で手を打ってもらって」

「それもまたせこい話だねえ」

「すみません」

雪広が体を小さくしていかにも情けなさそうに謝った。真希子さんたちから笑い声が上がる。

「それにしても不思議なのは西陽ちゃんだよ」

三日月さんが再び後ろを向いた。

「不思議ってなにがですか」

「せっかくふたりがくっついたから訊くのはよしておこうと思ってたけどさ、あんた雪広のどこが気に入ったの。そりゃあ、雪広にもいいところはあるけど、女としてこいつのどこに惚れたのかなって」

真希子さんも莉奈ちゃんも薫風君もわたしに振り向いた。雪広もフェンダーミラーでこちらを窺っている。

「ほら、雪広、ちゃんと前を見て運転して」

「あ、はいはい」

わたしの注意でまた笑いが起こる。

「わたしがどうして好きになったかって言うと、彼が犬っぽいからですね」

「なんですか、それ」

莉奈ちゃんが驚いて食いついてくる。

「ラブリ商店街の人たちってみんな雪広の過去の恋愛について知っていますよね。わたしも彼が騙されたり浮気されて離婚したりって話は聞かされていました。だから、最初はいいイメージがなかったんですよね。本人も過去のあれこれでかなり臆病になっていたみたいですし。だけど、わたしのことを真っ直ぐ好きになってくれたんですよ。一所懸命に好きだって伝えてくれたんです。そういう一途な感じが犬っぽくて妙にいとおしくて。そういう混じりっけのない好きがわたしの心には響いたんです」

「いい話じゃないですか」

薫風君がにやりと笑う。

「いい話なのよ」

わたしも笑った。

「あとはブックのおかげですね。わたしと雪広が会うときは必ずブックがいましたから。会話が続かなくてぎくしゃくしても、ブックの話題を出せばもう大丈夫でしたから。ブックがいてくれればなんでもうまくいったんです。だから、ブックには心から感謝していますよ」

ぴくんとブックが動いた。名前を出したので反応したのだろうか。ブックは目をつぶったままわたしの手の甲を舐めてくれた。ざーり、ざーりと二度ばかり。わたしの感謝は伝わったのかな。どうなのかな、ブック。

わたしと雪広の馴《な》れ初《そ》めにブックが関わっていたように、真希子さんの家族にも、薫風君にも、三日月さんにも、ブックとの思い出話があった。車内で自然とそれらを順番に披露することとなった。ブックはそれらの話に懐かしげに耳を傾けているかのようだった。ときどき耳がぴくりと上がるのだ。

みんな誰しもブックとの物語があるのだと思った。ラブリ商店街で暮らしている人は誰しも。

車は立川市の北部を抜け、ラブリ商店街を目指す。二時間かけてののんびりとしたドライブだ。日は暮れていき、車内が暗くなり、手元に寝そべるブックが見えなくなった。わたしはブックを撫で続け、その体温と心音を感じた。見えない分だけ、ブックの毛触りや痩せた骨格が手のひらに繊細に伝わってくる。ずっと撫で続けていたので、わたしの手のひらからもブックの獣っぽいにおいが漂うようになった。

話の順番は薫風君に回っていた。薫風君のブックにまつわる思い出話で車内に笑いが満ちる。「中学生の分際で人妻を好きになるなんて生意気だぞ」なんて雪広が言っている。この薫風君の話が終わったら、みんなに告げようと思う。

ブックが静かに息を引き取ったことを。

撫でていたら鼻から穏やかな息を吐いた。それが最期だった。すっと眠るかのように逝ったので、ブック自身も死んだことに気づいていないんじゃないかな。それくらい安らかな最期だった。

完璧じゃないの、ブック。完璧な旅立ち方じゃないの。大好きな車に乗って、みんなに囲まれて。

揺り動かして魂を呼び戻すようなことはもうしない。車内の暗がりの中で目を凝らしてみれば、ブックは満足げな表情で眠っていた。痩せこけた亡骸だけれど、厳《おごそ》かな美しさを帯びている。最後まで犬らしく、健やかな犬の心で旅立った。わたしは涙を流しながらブックといっしょに過ごした日々の誇らしさに浸った。

ありがとうね、ブック。

大好きだよ。

あなたは本当に不思議な犬だった。

飼い主もわからない、正確な年齢も不詳、名前の由来もみんな知らない。でも、誰もがあなたを好きで、見かければ集まりたくなって、思い出という名の物語をたくさん残してくれた。

どこから来たかわからない。どこへ行こうとしていたのかもわからない。ブックらしいと言えばブックらしいよね。

わたしはふと思った。ブックには車に乗ればたどり着けると信じている場所があったんじゃないだろうか。それはブックがどうしても行きたかった場所。どこなのかはわたしたちは知りようがない。でも、最後に車に乗せてやったことで、わたしたちはその旅立ちの手助けをしてあげられたような気がする。エンジンをかけたときのブックの深い安堵のため息は、そういう意味だったんじゃないかな。

老いてしんどくなった体から抜け出して、たどり着きたかった場所に一目散に駆けていくブックを想像した。わたしは走っているブックの姿が大好きだった。ずっと忘れないだろう。そして、わたしの命が尽きたあともブックの美しい姿が残るように、彼の絵を描き続けていこう。みんなに愛されて生きたブックの姿を残すのだ。

ブックの体をぎゅっと抱きしめる。まだ温かいいまのうちにたくさん抱きしめておきたかった。

さようなら、ブック。

いつかわたしもそちらの世界へ行く。そのときは真っ直ぐに迎えに来てほしい。

ブックは先に旅立っただけ。そうだよね？　きっと再び会える。

だから、いまはこう言っておくよ。

さようなら、ブック。

また会える日まで。

第六章　空でつながる日

三雲《みくも》君が階段を駆け降りてくる。アパートの外づけ階段は鉄製なので、かんかんかんと甲高い足音となっている。三雲君は目の前までやってくると気をつけをして言った。

「お願いがあります！」

まだ小学校一年生だというのに三雲君の言葉遣《づか》いはしっかりしたものだ。口調もはきはきしていて、大人が相手でも物怖《ものお》じしない。なぜか最初に必ず宣言するかのように用件を述べる。「相談があります！」とか「質問したいことがあります！」とか。

「なんだい、お願いって。わしが聞いてあげられるものだったらいいけどな」

「ぼくのうちで大きな犬を飼いたいんです。いいでしょうか」

三雲君は振り返ってアパートを指差した。辻アパートは築三十年のよれよれのアパートだ。一階に三部屋、二階にも三部屋。いまは五つの部屋が埋まっている。三雲君は二階のいちばん端の二〇一号室に住んでいる。

「このアパートでは大きな犬は飼えないんだよ。小型犬ならいいがな」

「いえ、大きな犬がいいんです。だから、お母さんが大家さんの辻さんに訊いてみたらって」

「大きな犬ってどのくらいなんだ」

体の小さな三雲君には大きくても、実際はさほど大きい犬でないかもしれない。

「体重が十キロだって聞いてます」

「中型犬か」

「でも、もっと大きくなるかもしれません」

「子供なのかい」

「いえ、五歳くらいなんですけど、いまはすごく痩せてるから」

「病気か」

「そうじゃないんですけど」

珍しく三雲君が言い澱んだ。困惑の瞳で見つめてくる。

三雲君はきれいな顔立ちをしている。髪は少し茶色がかっていてさらさらだ。丸い瞳はいつも好奇心という光で輝いている。

五年前にがんで先立った美也子《みやこ》とのあいだにはふたりの娘を授かった。ふたりともいまは結婚し、それぞれ埼玉と北海道に住んでいる。孫は合わせて三人。みんな小学生だ。三人ともかわいいが少々やんちゃなうえにこまっしゃくれている。わしに対して平気で「禿《は》げじじい」なんて言う。その点、三雲君は心配になるくらいなにごとも丁寧で素直だった。

「五歳でも体重が十キロなのは、あまりご飯を食べていなくて痩せちゃってるんだと思います」

三雲君は半ズボンの尻ポケットから一枚の写真を出した。

「ぼくのお母さんの友達が、この子を飼ってあげられる人を探しているんです」

写真を目にした瞬間、つい顔をしかめてしまった。がりがりに痩せこけた赤毛の犬が写っていた。肋骨《ろっこつ》の一本いっぽんが皮膚の上から数えられるくらいに痩せている。肉がついていないので腰の骨の形まで見て取れた。ひどい。病気でないというのなら、いったいどれだけ餌をもらっていなかったのだろう。栄養不足のためか赤毛は縮《ちぢ》れたり縒《よ》れたりして汚らしい印象があった。

「本当は二十キロくらい体重があってもいいんだそうです。オスで若い犬なので」

悲しげに三雲君が肩を落とす。この子が言った「大きくなるかもしれません」の意味がやっとわかった。本来はもっと大きくなるはずの犬だった、ということなのだろう。

「これは保健所かな」

痩せこけた犬は鉄格子《てつごうし》越しに撮られていた。床は冷たそうなコンクリートだ。

「そうです。ぼくのお母さんの友達が、こういう不幸な犬の飼い主さんを探しているんです」

「ボランティアってことか」

「あ、はい、たぶん」

ボランティアという言葉をまだ知らないのだろう。三雲君は恥ずかしそうに頷いた。

なるほど、いま三雲君は保健所から引き出すために犬の里親を探している最中というわけか。わしにも知り合いで、行き場のない犬の一時預かりのボランティアをしている人がいた。

「たしかにかわいそうだし、わしも飼ってあげたいよ。でもな、毎日の散歩はおじいちゃんのわしには大変だし、わしももうすぐ七十五歳だから、そのわんこが寿命を迎える前にわしの寿命のほうが来てしまうかもしれん。無責任に飼ってあげられるとは言えんな」

三雲君は真剣な眼差《まなざ》しで話を聞き、ゆっくりと頷いた。子供らしくない所作だ。

「この犬はあさって殺されちゃうんだそうです。時間がないんです」

小さな三雲君の両手がぎゅっと握られていることに気づく。この子は、死ぬということの意味がわかっているのかもしれない。

以前、孫たちを前にして、おじいちゃんやお父さんやお母さんが死んでしまって、ひとりぼっちになる自分を想像してこわくなったことはあるかと尋ねてみた。三人とも首を振った。わしにはあった。小学校の低学年のとき、祖父母も両親も先に死ぬのだと気づいた夜があった。

みんな先に死ぬ。この世から消えてなくなる。

その不在がこわくて、布団の中で泣きじゃくった。死という観念が胸にすとんと落ちてきて理解した夜だった。三雲君も同じように泣いた夜があったんじゃないだろうか。

「うーん、しかしなあ、わしは飼えないしなあ。今日これから誰か飼えそうな人を探してみるが」

「だから、最初にお願いがありますって言ったんです」

「うん?」

「この犬はアパートでぼくが飼います。それを認めてもらいたいんです。いいでしょうか」

凛《りん》とした声で三雲君がもう一度言う。

「だが、アパートには規約というものがあってだな」

辻アパートで飼っていい犬は小型犬のみだ。犬種で言えばチワワやパピヨンだ。柴犬などの中型犬以上のサイズは禁止としている。

「わかってます。お母さんから聞きました。けれど、その決まりごとを変更してもらいたいんです」

「それはできんよ。アパートに住んでいる人の要望で決まりごとを変えていたら大変なことになってしまうだろう。それに大きな犬を飼っちゃいけないのは吠えたりどたばた騒がしかったりすると、ほかの部屋の人に迷惑になってしまうからだよ」

「じゃあ、吠えないようにしつけます。どたばたもさせません。約束します」

「その約束は成り立たんよ。犬は吠えるもんだ。どたばたするのをやめろと話して聞かせても、犬は人間の言葉を理解できん」

三雲君はうつむいた。普通の子供だったら、泣き喚いて我を通しているところかもしれない。孫たちなどひどいもんだ。しかし、三雲君は口を真一文字《まいちもんじ》に結んで顔を上げた。

「やってみないとわからないと思います」

小学校一年生の子供に気圧《けお》されてしまいそうになる。

「あのね、三雲君。こっちは大人なんだ。ある程度どんなふうになるか想像がつくんだよ」

「大きな犬と暮らしたことあるんですか」

「ない。しかし、わかるぞ」

「なんで飼ったこともないのにわかるんですか」

「経験はなくても知識ってもんがあるからだよ」

「地球上の全部の犬が吠えたりどたばたしたりしてうるさいという知識ですか。それって本当ですか。一匹くらいはまったく吠えなくておとなしい静かな犬だっているかもしれないとぼくは思います」

食い下がる三雲君の頬が上気して桃色に染まっていく。必死さが伝わってくる。この子なら本当にきちんと犬をしつけられるかもしれない。そんな考えが頭をもたげてくる。

いやいや、認めるわけにはいかない。半年前の騒動を思い出して首を振る。あきらめてくれるように強い口調で言った。

「駄目だ！　決まりごとは決まりごとなんだよ！　大きな犬は飼えないって決まってるんだ！」

一瞬、三雲君が泣き顔になる。口で息を吸う音がかすかに聞こえた。嗚咽を漏らす前は、口を開けて息を吸いこむもんだ。孫たちを見て知っている。

だが、三雲君の口はまた真一文字に結ばれた。丸くて大きな目がさらに見開かれる。

「だったら、ないしょにします」

「ないしょ？」

「吠えたりうるさくしたりしないようにぼくがなんとか教えますから、アパートに住んでいるほかの人たちには犬を飼っていることをないしょにするんです」

相手が大人だったら冗談を言うなと鼻で笑っているところだ。

「ないしょって大家のわしにもう話してしまっているじゃないか」

三雲君がにっこりと笑った。

「ぼくの仲間になってください。いっしょにないしょにしましょう」

子供の道理だ。しかし、共犯関係を結ぼうと提案してくるなんて、なんて頭が回る子だろう。度胸もある。

「わしもね、味方になってあげたいよ。けど、駄目なんだ」

「どうしてですか」

「わしは大家だからこのアパートに住む全員のためになるように管理していかなきゃならないんだ。三雲君のためだけに考えを変えるわけにはいかん」

「違います。ぼくのためじゃないんです。この犬の命のためなんです」

いったいどっちが筋が通っているのか揺らぎそうになる。命のために。それは大切で重い。しかしながら、現実の枠組みを広げて、なんでもよしとしていたらきりがない。

困惑しているとアパートの外階段を下りてくる足音がした。ゴムサンダルの足音だ。三雲君の母親だった。

「こら、三雲。会長さんを困らせちゃ駄目じゃないの」

この辻アパートが建つラブリ商店街の会長をやっているため、わしは多くの人から辻さんでも大家さんでもなく会長さんと呼ばれる。三雲君の母親である小泉《こいずみ》さんもそう呼ぶひとりだ。

「すみません。うちの三雲が困らせたみたいで」

小泉さんは深々と頭を下げた。

「いやいや、三雲君はそこいらの子供と違ってちゃんと大人の話が通じるので、困ったりしとりませんよ」

「この子が犬を引き取るんだってどうしても聞かなくて。アパートじゃ飼えない決まりがあるって説明しても納得しないから、機会があったら会長さんに訊いてみなさいって言ったんです。そしたらすぐに飛び出していっちゃって」

質問するだけでなく、直談判するあたり、さすが三雲君だ。行動力があって、共犯関係を結ぼうと提案する知恵もある。通っている小学校ではすでに秀才との評判が立っているらしい。

小泉さんの教育がいいのか、それとも離婚して出ていった三雲君の父親が優秀な人だったことが影響しているのかはわからない。噂好きで有名な美容室スズランの柴田さんによれば、小泉さんは旦那さんと価値観がどうしても合わなくて離婚したのだという。

別れた旦那さんは大手の銀行員だった。いつもはきはきとしゃべり、聡明《そうめい》な人だった。ラブリ商店街で夏祭りが行われたときなどは率先して働いてくれる人で、人当たりもよくて商店街の住人たちからの評判もよかった。三雲君を見ていると、あの旦那さんの面影を見て取れる。

一方で、母親の小泉さんはふんわりとした印象の人だ。よく言えば人が好さそうで、悪く言えばぼうっとしていて頼りなさそう。そういった点から鑑《かんが》みるに、三雲君は旦那さんに似たのかもしれない。

少しばかりわしの鼻が高いのは、近所でも評判がいいこの三雲君の名づけ親になってやったことだ。いまではふたつのアパートの家賃収入で食べているが、かつては書道教室を開いていた。書道教室に通う生徒に弟や妹が生まれたときに命名のアドバイスをしているうちに、わしは名づけ名人などと呼ばれるようになった。書道教室を開いていることから、漢字に詳しいと見越してみんな頼ってきたようだった。

三雲君が生まれたのは夏の真っ盛りのことだった。小泉さん夫婦から頼まれた名づけに悩んで窓から外を眺めたら、みっつの大きな入道雲が青い空のさらに高いところを目指してにょきにょきと伸びていた。美しい光景で三雲と思いついた。小泉という名字と相性がいいことは、『怪談』で有名なラフカディオ・ハーンが証明している。日本国籍を取得してから名乗った小泉八雲はいい名前だ。

「ほら、そろそろスイミングスクールの時間よ」

小泉さんは三雲君の手を取り、もう一度深々と頭を下げてから去っていった。三雲君はまだなにか言いたげな顔をしながら、アパート裏手の駐車場へ手を引かれていった。週二日、水泳教室に通い、週一日は立川市の学習塾に通っているのだそうだ。

子供にそれだけの習い事をさせる余裕があるなら、こんな古くてよれよれのアパートに住まなくてもいいのに。自分で経営しているアパートでありながら、そんなことを思った。

明くる日の夕方、うとうとしていると玄関のチャイムが鳴った。三雲君だった。

「誰か飼ってくれる人は見つかりましたか」

真っ直ぐ見つめて尋ねてきた。言葉に詰まる。実を言えば、三雲君が訪ねてくるいまのいままで犬の件を忘れていた。どんなに胸を痛めた話でさえ、さらりと忘れてしまうことがある。年齢を重ねれば重ねるほどその傾向は強まっていく。心が鈍磨《どんま》していくのだ。申し訳なさと恥ずかしさで三雲君の眼差しを受け止められない。

「ほうぼう探してみたんだが、見つからなくてのう」

間に合わせで嘘をつく。情けなくなりながら頭の中で飼ってくれそうな人を急いで探す。長女の旦那は幼いころに犬に噛まれ、大の苦手だと言っていた。次女の一家が買ったマンションは小型犬でさえ駄目なところ。

「わしが飼ってやれればいいんだがなあ。保健所のあの犬を一生面倒見られるほど、わしの寿命が長いとは思えんからなあ。いまはがりがりに痩せてるが、元気になったらたっぷり運動が必要な犬種かもしれん。そうしたときやはり面倒は見切れんからな」

「だから、ぼくが」

三雲君はなにかを言いかけて、やめてしまう。

本当は辻アパートで飼わせてくれと頼みたいのだろう。たぶん、母親の小泉さんにたしなめられて言い出せないのだ。

こちらとしてもなにも言ってあげられなくて、渋い顔を作って首をひねるしかなかった。ものわかりのいい大人のふりで、しかたないよ、なんていうふうに。人生にはたくさんのしかたないことがある。三雲君は初めてそうしたものに出くわしているのかもしれない。

「会長さんは知っていますか」

三雲君が尋ねてくる。

「なにをだい」

「犬ってお出かけしていた飼い主が家に近づいてくるのを、ぴぴっと知る能力があるんだそうです」

「耳がいいから足音を覚えているのかな。靴の音って意外と特徴があるからのう」

昨日、小泉さんは鉄製の階段を硬いゴム製のサンダルで降りてきた。犬ならばああした音もすぐに覚えてしまうだろう。

「けど、靴を変えてもわかるんだそうです。男の飼い主さんが、女の人が履《は》く踵《かかと》の高い靴を履いて帰っても飼い主さんだってわかるし、下駄《げた》を履いて帰ってもわかるんだそうです。ぼく、テレビで実験をやってるのを見たんです」

「わかったぞ、歩幅だ。歩幅でわかるんじゃろ」

「竹馬に乗って帰ってもわかるって実験の結果が出ていました」

「じゃあ、においか」

「出かけた先でお風呂に入って、服を全部新しいものに取り換えて帰ってもわかるって」

「すごいのう。超能力みたいだ」

三雲君は大きく頷く。

「最終的に、ほんのかすかなにおいでわかるんじゃないかってテレビで言っていました。それから、もしかしたら飼い主さんの心臓のリズムを覚えていてわかるのかもしれないって」

飼い主が心筋梗塞《しんきんこうそく》になりそうなのを察知して、飼い主から離れなかった犬のエピソードをテレビ番組で見たことがある。心臓の鼓動のリズムがいつもと違うのを犬が気づいたかもしれないというのだ。

また、そのテレビ番組では海外の発作対応犬という補助犬を紹介していた。補助犬とは盲導犬や聴導犬、それから介助犬たちのことらしい。海外にいる特別な補助犬である発作対応犬は、てんかんや発作性の病気を患者のにおいなどから予測し、対応できるように訓練されているのだそうだ。まさに超能力だ。

感心していると三雲君が言う。

「ねえ、会長さん。犬がそんなちょっとしたことまでいろいろわかるなら、昨日ぼくが見せた写真の犬も、これから自分が殺されちゃうのがわかるんじゃないかな」

「え、どうしてだい」

「いっしょに捕まえられて檻《おり》の中に入れられている犬や猫の足音やにおいや心臓の音が、連れていかれて殺されるたびに消えていくんだもん。そういう場所に自分がいるんだって絶対にわかりますよ」

三雲君は静かな表情をしていた。静かに耐えているときの大人の表情を、この子はすでにしていた。

「ボランティアをやっているお母さんの友達が、あの写真の犬に会いに行ったときの話を聞いたんです。尻尾を振ってすごく甘えてくるって。頭をごしごしすりつけてくるって。死ぬってわかっていても、自分を殺す人間たちに甘えるなんて、かわいそうじゃないですか。こういうかわいそうなことを知っちゃったときって、どうしたらいいんですか。ぼく、わかりません」

長く生きているとわかることがある。

大人になるということは、それがすべてではないと知っていくことだ。

行きたかった高校や大学がすべてではない。なりたかった職業がすべてではない。好きで好きでしかたなかった女性もすべてではなかった。

そのときはすべてだと思っていたものも、時が過ぎてみればすべてではなかったと気づく。信じ続けた価値観も、手に入れた地位も、自分を取り巻く家族や知人との関係性も、すべてであると考えていたものが実はそうではないと、ゆるやかに気づいていく。しかし、それはわしが長く生きたから気づけたこと。幼い三雲君にはまだまだわからぬことだ。

つまり、いま三雲君にはあの犬の命がすべて。純真な彼の心に宿るすべて。

長く大人をやっている自分が、とうに忘れてしまった高潔《こうけつ》な志《こころざし》と繊細で重い悲しみをあの子はいまも抱いている。このわしも若いころは三雲君のようであった。生きるのも、死ぬのも、ほかの命のためにありたい、なんて誇り高くあった。

いったいいつから三雲君のような純真さをなくしてしまったのか。いつの間にあの子のような輝きを失い、鈍い心となってしまったのか。

妻の美也子を亡くしたときに、諦念《ていねん》のようなものが体の隅々にまで行き渡った覚えがある。最近では自分の人生なんてこんなもんだ、なんてすっかり納得している。ぽっくりでもなだらかでもかまわないからあとは終わっていくだけ、なんてことを気づけば考えている。

しかし、三雲君は違う。始まったばかりだ。わしから見れば生まれたても同然。そんな彼のために奮起しなくてどうする。諦念に浸《ひた》っている場合ではない。彼の無垢《むく》をできるだけ守ってやることが大人としての正しい姿勢だ。そう反省した。

「わかった。あの写真の犬を三雲君の家で飼うのを許可しよう。その代わり、条件があるぞ」

思いついた条件を三雲君に耳打ちする。三雲君は瞳を輝かせ、勢いよく頷いた。子供らしい無邪気な笑みをやっと見せてくれたのだった。

犬はそれから一週間後に三雲君の家にやってきた。保健所から引き出してもらったあと、小泉さんの友人であるボランティアの女性が預かり、病院へ連れていって健康診断を受けさせたり、体を洗ってもらったりした。去勢手術も受けた。抜糸《ばっし》まで一週間かかるため、三雲君の家に来るまでに間が空いたのだった。

秋分の日を過ぎると日が落ちるのがどんどん早くなっていく。夕方の五時半には日没の時間を迎えてしまう。そうした暗い夕方に待望の犬はやってきた。

ボランティアから来る電話の連絡内容を、三雲君は逐一わしに報告してくれていた。やってくる犬は推定五歳。餌をよく食べ少しずつ太ってきている。頭のいい子で室内ではおしっこをしない。散歩をすればおとなしく引き綱を持つ人間の横を歩く。ほかの犬や猫にもやさしく、吠えたところを見たことがない。

「すんごくいい子なんだって！」

報告してくる三雲君はいつも大興奮だった。迎え入れる日が近づくにつれ、無邪気になっていくように見えた。商店街でわしを見つけては駆けてきて、ときには手をつないでくれたりした。

犬がやってくる日取りが決まったとき、三雲君から名前をつけてほしいと頼まれた。わしが名づけ名人であることを、母親の小泉さんから聞いたようだった。「ぼくの名前も会長さんがつけてくれたんでしょう」と誇らしげに言われ、引き受けざるを得なくなった。ただ、わしは漢字による名づけは得意だが、横文字がとんと苦手だ。そもそも英語がさっぱりで、そういった類《たぐい》のしゃれた名前をつけるセンスがない。

一応、ラブリ商店街というこの商店街の名も頼まれてつけた。かつて、このあたりはさまざまな店舗が集まっているひと区画だったがつながりはなかった。そこで商店街を名乗って連帯していくことが決まり、そのときに名づけを任されたのだ。かれこれ二十年前のことだ。

ぶらりとやってこられるように。かわいい印象の街となるように。そんなこじつけでラブリ商店街とつけた。苦肉の策だったがこの名前はおおいに受け入れられた。

その後、犬や猫などペットの名づけも頼まれるようになった。みんなかわいらしい横文字の名前を望んでくる。もっとも苦手なやつだ。しかたがないのでそのままを名づけることにした。肉屋の柴犬はミート君。化粧品屋のロシアンブルーはルージュちゃん。カメラ屋のオカメインコにはピント君。これらは実に苦肉の策だったのに、商売に結びついた名前をつけたら大変喜ばれて評判となった。ペットとの結びつきや愛着を感じられてうれしいという。それならばといまでは万事同じ法則で名づけるようにしている。

残念だったのは、数年前に戸田さんの家にやってきたゴールデン・レトリーバーに、ミルクの名を提案して却下されたことだ。以前に戸田さんの家が牛乳販売店を営んでいたことにちなんだ名づけで、いい名残となると思ったのだが。

ともかく、ペットの名前は飼い主が商売を営んでいるなら、それにちなんだものと決めてしまっている。飼い主が商店街に店を構える人たちばかりなので、だいたいこの法則で事なきを得ている。

だが、三雲君の家に来る犬にこの法則は当てはめられない。三雲君はアパート住まいであり、母親の小泉さんも商売を営んでいるわけではない。

小泉さん親子がラブリ商店街のはずれにある新築マンションから、いまの辻アパートに引っ越してきたのはいまから二年前のことだ。離婚後、家賃の安いこちらへと移ってきたのだ。契約を交わしたあのときの話では、小泉さんはスーパーマーケットのパート社員でレジ打ちをしていたはず。だからと言って犬にパートとかレジなどと名づけるわけにもいくまい。

さて、どうしたものか。悩みに悩んだ挙げ句、わしは三雲君に名づけの法則を打ち明け、そのうえでどんな名前がいいか尋ねてみた。すると、三雲君は逆に質問してきた。

「ぼくがラブリ商店街にあったらいいな、と思うお店を元に名前を考えてもらってもいいですか」

「あったらいいな、と思うお店？」

「はい」

「もちろんかまわないが、それってどんなお店かな」

「本屋さんです。この街に本屋があったらいいなと思って」

ラブリ商店街にはさまざまな業種の店舗があり、買い物はたいてい商店街内で事足りる。ところが、残念なことに書店はなかった。商店街の会長として常々物足りなく感じていたことだ。

「三雲君は本が好きなのか」

「大好きです。それに本屋さんがあれば、お母さんの本も置いてもらえるのになって」

「お母さんの本？　いつの間にお母さんは本を書く仕事になったんだい。小説家になったのかな」

「いや、あの、小説家って仕事じゃないと思うんですけど」

三雲君が困惑して首をひねる。

「じゃあ、雑誌の記事などを書く仕事かな。いやいや、本屋ってことは漫画家ってこともあるな」

「ちょっと待っていてください。すぐに戻ってきます」

そう言って三雲君は辻アパートの外階段を駆け上がっていった。しばらくすると小泉さんの手を引いて戻ってきた。小泉さんは三雲君とわしの会話について聞かされているようで、階段を下りきると顔を赤らめながら実際のところを話してくれた。

「お話ししていなくてすみません。実はいまわたしは翻訳《ほんやく》の仕事をしているんです」

「翻訳？　翻訳家ってことかね」

「はい。児童文学を中心にいまお仕事をしているんです」

「そいつは驚いた。ということは小泉さんは英語が堪能《たんのう》なのかな」

「大学が英文科だったんです」

「なるほど。とはいえ翻訳家となるとまた特殊な技能が必要になりそうですなあ」

「以前は専業主婦だったので翻訳の学校に通う余裕があったんです。おかげで三雲が生まれたくらいに翻訳家としてデビューができて。でも、夫と別れてそれだけじゃ食べていけなくて、ここのところずっとスーパーでパートとして働いていたんです」

「そうか、そうか、そういうことだったのか」

「最近やっと翻訳だけで食べていけるようになったので、パートはお休みさせていただいております」

「翻訳家だなんて華々《はなばな》しい仕事だのう」

「いえいえ、一日中机に向かっているだけの地味な仕事なんですよ」

合点の行ったことがあった。なぜ三雲君の語彙《ごい》が豊富でしっかりとした会話ができるのか。

翻訳の仕事は英語の読解力より、日本語の表現力が秀《ひい》でていないと駄目だと聞いたことがある。原文を忠実に翻訳するだけでは駄目なんだそうだ。物語を理解して、そのうえでもっとも適切な日本語による表現を選ぶセンスが必要だという。

つまるところ、三雲君は言葉が大切にされている環境で育ったのだ。本もたくさん読んでいるに違いない。

わしは三雲君に向き直った。

「本屋を元にした名前をつけるならひとつしかないな。わかるかな、三雲君」

にやりと笑いかけると三雲君は笑顔で頷いた。

「ブックだね」

「正解」

小泉さんも楽しげに微笑んでいた。

わしの家と辻アパートは隣り合わせだ。アパートの裏手にはアパート専用の駐車場がある。そこへブックを乗せた車が到着した。

ボランティアの女性に車から降ろされたブックは、落ち着き払った様子で周囲を見渡した。三雲君から見せてもらった写真で想像していたより小さい。ちんまりというふうだ。シャンプーしてもらったおかげかその赤毛の毛並みは美しかった。ただ、異様に痩せている。痛々しいほどだ。

三雲君がおずおずとブックに近づいていく。驚かさないようにゆっくりと動き、ブックの顎の下にそっと手を伸ばす。犬との触れ合い方について本を読んで学んだと言っていた。わしも三雲君から教わった。頭を撫でようとして犬の頭上へいきなり手を差し出す行為は、犬をこわがらせるのでよくないそうだ。

「会長さんだって自分より大きな人に急に頭を触られそうになったら、びっくりしちゃうでしょう」

なかなか上手なたとえを使って三雲君は説明してくれた。

三雲君がブックの顎下をやさしく撫でた。ブックの目線と同じになるようにしゃがみ、穏やかに語りかける。

「君はこれからブックという名前になるんだよ。この名前は会長さんがつけてくれたんだ。いい名前でしょう。それから、今日から君はぼくとお母さんと家族になるんだよ。このアパートで暮らしていくんだ。よろしくね」

ブックはまだ状況が呑みこめていないようで、三雲君に遠慮がちに撫でられている。警戒はしていないようだ。

三雲君の手がブックの顎下から後頭部にゆっくりと移った。小さな手のひらが二度、三度とやさしく撫でる。ブックは気持ちいいらしく、うっとりと目を閉じた。

うまくやっていけそうだと思った。小泉さんもボランティアも笑顔で見守っている。ただひとつ、わしには気になったことがあった。三雲君に見せてもらった写真の印象より、ブックの顔つきが険しかった。目からは荒んだものを感じた。

三雲君から聞かされたボランティアの報告によれば、ブックは頭のいい子だという。だとするならば、以前に三雲君が言っていたように、保健所において仲間が命を奪われていく状況をわかっていたんじゃないだろうか。その影響が顔つきや目つきに表れているのでは。また、保健所へ来る前はどのような生活をしていたのだろう。放浪生活だろうか。野良犬としてひどい仕打ちを受けた経験もあるかもしれない。

ブックは頭がいいからいまは三雲君に親しく接している。でも、心の中には硬《かた》い芯《しん》のようなものがあって、まだまだ信用していない。そんなふうにわしには見受けられたのだ。

朝の散歩のスタートは五時だ。毎朝、わしは二〇一号室の前まで迎えに行ってやった。朝の四時には目覚めてしまうこちらとしては、もっと早い時間でもいいくらいだ。三雲君はたいそう眠そうに目をこすりながら外へ出てきた。

「おはようございます」

続いて出てきたブックは散歩がうれしいのか、弾むように歩いている。最後に出てきた小泉さんが「よろしくお願いいたします」と頭を下げる。小泉さんも眠たげだ。

「悪いのう、こんな早朝に」

「いえいえ、わたしは仕事が夜型で、太陽が昇ってから寝るタイプなので大丈夫なんです」

いまの時分、日の出の時刻は五時半。外はまだ薄闇に包まれている。でも、暗いうちに朝の散歩は済ませなければならない。辻アパートでブックを飼っていい代わりに、わしが三雲君に出した条件から散歩は早朝となった。

その条件とは、こうだ。

「半年のあいだでいいから、近所の人たちに知られずにブックを飼ってくれんかな。ラブリ商店街の人たちにも言わないでほしいのだよ」

情けないことにラブリ商店街の住人の目が気になって、わしはそんな条件を三雲君に出した。それというのも半年前にひと騒動あったためだ。

半年前、辻アパートの一〇三号室に薄葉《うすば》さんというタクシー運転手が住んでいた。薄葉さんから申し出があったのだ。柴犬を飼いたい、と。聞けば薄葉さんのお姉さんが次から次へと犬を飼ってしまう人で、そのなかで一匹の柴犬がほかの犬たちとどうしても折り合いが悪く、譲り受けることになったのだという。

しかし、あのときも規約を盾に申し出を突っぱねた。薄葉さんは柴犬を譲り受ける約束をすでに交わしてしまっていて、飼うことのできない辻アパートを出ていくことになったのだった。

薄葉さんの捨てぜりふは、いまでも思い出すたびに胸がえぐられる。

「あんたが奪ったもの、大きいからな！　一生覚えておけよ！」

いったいなにを奪ったというのか。薄葉さんの住居や生活のことを言っていたのか。でも、そうであったなら回りくどい言い方である気がする。

捨てぜりふの意味を吟味《ぎんみ》したくて、居酒屋で鳥信の店主である若松さん相手に話をしていると、同じカウンターに座っていた美容室スズランの柴田さんが口をはさんできた。三十代半ばにしてスズランを切り盛りするオーナーだ。

「それって柴犬の命を奪ったって言ってるんですよ。そのタクシー運転手はどこでも飼えなくなった柴犬を、保健所にでも連れてって処分するつもりなんでしょ」

「処分するならば、薄葉さんは出ていく必要はなかったんじゃないのかな」

「会長さんのところのアパートに住んでるかぎり、処分した柴犬を思い出しちゃうから引っ越したんじゃないんですか」

薄葉さんとは退去するまで、柴犬を飼っていいか、いけないかで、さんざん揉めた。ひどい言葉で罵られたこともある。柴犬うんぬんではなく、関係がこじれたせいで居心地が悪くなって出ていった可能性もあった。わしはそれが理由だと思いたかった。

しかし、柴田さんが主張した柴犬の処分の話が、どうにも心に引っかかった。薄葉さんはゴミの出し方や真夜中の大音量のテレビ観賞などでほかの住人と揉めていた。注意しても反省もしなければ謝罪もなし。厄介な人だった。薄気味悪いところもあった。なにも言わずじっと見つめてくるようなこともあった。そんな人だったので、おかしな考えを起こして殺処分してしまう可能性も捨てきれなかった。

とにもかくにも薄葉さんの柴犬事件は後味の悪い一件だった。さらに面倒なことに、薄葉さんと揉めた経緯や言われた捨てぜりふを、柴田さんが商店街中に吹聴《ふいちょう》してしまった。商店街は柴犬事件の話題で持ちきりとなり、あのときは柴田さんに相当腹を立てた。実際にわしはスズランへ抗議にも行った。柴田さんは噂好きの面倒なご婦人なのだ。なんでもかんでもすぐにぺらぺらとしゃべってしまう。揉めごとはひっそり収束させたかったのに。

よって三雲君の家にブックを迎えるにあたって、商店街の住人の目が気になってしかたがなかった。なぜ柴犬には許可を与えず、ブックは許したのか。筋の通った説明をわしは思いつけなかった。ブックに許可を与えたのはひとえに三雲君の純真さに心を動かされたからだが、誰もが納得する理由に思えない。宗旨《しゅうし》変えした負い目があった。

また、ブックを迎えるうえで、辻アパートの住人たちへの説明責任もあった。大型犬を飼ってもいいことにしました、と簡単に規約変更を告げるのはいかがなものか。住人の中には大きな犬が吠える声は耐えられないという人もいるかもしれない。

説明して、納得してもらい、規約を変えていく。その準備に半年の猶予《ゆうよ》が必要だと思った。もちろん、柴犬の一件のほとぼりが冷めるまでの期間も欲しかった。だから、三雲君と小泉さんにはブックの存在を知られないようにしてほしいと頼んだのだ。

朝の散歩は五時の暗いうちに。夕方は六時過ぎの日が落ちてから。日中に関しては、幸いなことに小泉さんは翻訳業という自宅仕事なので、ブックが騒いだりしないかずっと監視してもらうことができた。

しかしながら、こちらから勝手に条件を押しつけておいてあとは知らんぷりはよくない。なので朝の散歩は毎日、夕方はできるだけ、いっしょに行ってやることにしたのだ。

ブックが来てからというもの、三雲君と小泉さんとは密に連絡を取り合うようになった。苦手な携帯電話でのメールも面倒臭がらずにやった。

ふたりからはブックの生活に関する報告が毎日のように届いた。

〈ブックはテレビを見る子です。犬なのにテレビを見るんです。犬が出てくるテレビ番組が大好きみたいです〉

三雲君からそんな文章といっしょに、テレビに見入るブックの写真が送られてきた。そうした連絡は老いてひとりで暮らすわしにとって、ひとつの楽しみになっていった。

小泉さんによれば、ブックは日がな一日与えられた寝床で寝ているのだそうだ。起きるのは水を飲むときくらい。よく眠る子なのだという。手間もかからなくて世話が楽だそうだ。

「たっぷりと運動させてやれば、あとは畳一畳《たたみいちじょう》で飼えるんじゃねえかな。けれども、本当にたっぷりと運動をさせてやらなくちゃいけねえ」

これは鳥信の若松さんの弁だ。実はブックの秘密を抱えきれず、居酒屋へいつも連れ立っていく若松さんに打ち明けた。ブックの存在をないしょにしてくれと頼んだうえで。若松さんは犬に詳しかった。実家が岡山で彼の父が猟をやっていたのだそうだ。

早朝、若松さんを呼び出してブックに会わせたこともあった。

「この子はアイリッシュ・セッターだね。猟犬だよ。猟の途中でご主人とはぐれちまったのかもしれねえな。でも、アイリッシュを実際に猟犬として使っている人はあんまりいねえと思うんだがな。え？　千葉で保護されたのか。まあ、千葉はけっこう猟をやるところだからな。たぶんだけど、きっともっと大きくなる子だよ。オスだから三十キロくらいになるかもしれねえな。うん？　五歳くらいって言われたのか。いやいや違うよ。顔つきも遊び方も幼いし、もっと若いな。歯が真っ白だろ。まだ一歳くらいだよ。下手したら一歳未満かもしれねえな」

犬に詳しいだけあってブックの素性をだいたいながら特定してくれた。年齢は一歳くらいという説で落ち着き、三雲君の家にやってきた日をブックの誕生日と定めた。

若松さんは何度もブックにたっぷりの運動を、と言ってきた。となると広い公園や空き地で思いきり走らせたり、ボール投げしたりしてやりたい。しかし、商店街の近隣で遊べばブックを飼っていることがばれてしまう。しかたがないので三雲君と相談して、ブックをこっそりと車に乗せて連れ出し、隣町の公園やドッグランで遊ぶようになった。

たとえば土日の昼間、アパート裏手の駐車場へ、わしのワンボックスタイプの軽自動車で乗りつける。周囲をよく確認してから車のリアハッチを開け、さっとブックを乗りこませる。助手席には三雲君だ。商店街の人たちに見つからないように、県道に出るまで三雲君には座席を倒して隠れてもらう。だんだん本当に共犯関係になっていくようで、わしは年甲斐《としがい》もなく楽しかった。

おかしかったのは小泉さんが同行するときだ。これまた後部座席に隠れてもらう。よもや七十歳を超えてこんな密会の気分を味わえようとは思わなんだ。

三人でよく出かけたのは立川の昭和記念公園だ。広大な原っぱがあり、ブックにボール投げをして遊んだ。埼玉県にある航空記念公園まで遠征《えんせい》することもあった。

そうした生活を送るうちに、ブックは日に日に体重が増えていった。浮いて見えていた肋骨は見えなくなり、腰回りに肉がついて腰骨も目立たなくなった。毛がみんな生え替わると毛並みはさらに美しくなり、輝く赤毛をたなびかせて走るようになった。

「足も長くてまるで馬みたいだな。サラブレッドだ」

いっしょにブックとの遠征につき合ってくれた若松さんが、優雅に走るブックを見て驚きの声を上げた。若松さんはブックの存在を奥さんの三日月さんにも話さずにないしょにしてくれていた。若松さんもまた三雲君の仲間となったのだ。大人も子供も関係ない、ブックを中心とした仲間だ。

ときどきは三雲君の家に招かれた。夜、お忍びで二〇一号室へ向かうのだ。

ブックはまだ一歳のやんちゃな犬だ。わしが訪ねていくと大歓迎で跳びつこうとする。すかさず三雲君が命令する。

「ブック、ノーだよ。おすわり」

跳びつきかかっていたブックが身を翻《ひるがえ》しておすわりをした。三雲君は声を荒げたわけじゃない。普段の口調で命令を出した。それなのにすぐさま言うことを聞いた。

「すごいな」

感心すると小泉さんが呆れ果てたように言う。

「三雲とブックは毎日べったりで、遊びながらいろんなことを教えてるんですよ」

見ていると三雲君が居間に移動するとブックもついていった。トイレに行けばドアの前で待機した。ソファに座ればその足元で伏せをしてくつろぐ。たしかにべったりだった。

「ブック、そろそろ自分のベッドで寝なさい」

窓際に敷かれた犬用ベッドを指差して三雲君が言う。ブックはちょっと悲しげな顔をする。三雲君のそばにいたいのだろう。

「ちゃんと言うこと聞いて。ブック、ハウス」

そう言われたブックはすごすごとベッドへ向かい、こちらの様子を見守りながら伏せの形となった。三雲君は満足げな表情でベッドまで行き、ブックの傍らに体育座りをする。ブックの頭をやさしく撫でながら、「大好きだよ、おやすみ」と告げた。

「あれが習慣になってるんです」

小泉さんが教えてくれる。

「おやすみの言葉ってわけかい」

「そうなんです。朝は『おはよう、大好きだよ』って。寝るときは『大好きだよ、おやすみ』って」

それから小泉さんは声を小さくして言った。

「離婚したときに三雲に寂しい思いをさせてしまったな、と思って、わたしが毎日言ってあげていたことなんです」

「なるほどのう」

「まねしているんですよ」

「けど、いいじゃないか。小泉さんからのやさしい言葉が、三雲君を介してブックに伝わっているわけだから。愛がちゃんと伝わってるってことだよ」

愛なんていままで口にしたことがなかったので、顔から火を噴きそうなほど恥ずかしかった。だが、三雲君と小泉さんとブックの関係について話すとき、愛という言葉を抜きにして語るのは難しいように思えた。


三ヶ月が過ぎた。体重がほぼ二十キロとなったブックは見違えるほど立派になった。たっぷり運動させているので細身ながらも筋肉質。頭は小さく、顔立ちは精悍《せいかん》だ。若松さんが言うようにサラブレッドの雰囲気をまとっていた。

遠征先の公園やドッグランでブックを連れていると、「きれいなわんちゃんですね」とよく話しかけられた。愛犬を褒められた三雲君は、「ありがとうございます」と照れた表情で返事をするのが常だった。

ある程度予想していたことだが、ブックはとても頭のいい子だった。まだ若い犬ゆえにいたずらはする。しかし、三雲君か小泉さんが一度でも「ノー」と叱れば二度としなかった。小泉さんのサンダルを噛んで壊したことがあったが、たった一度の「ノー」で物をいっさい壊さなくなった。テーブルに並べられた人間のごはんのにおいを嗅いだのも一度だけ。人間のベッドにのぼったのも、野良猫に飛びかかろうとしたのも一度だけ。

三雲君の家に来たときは、お手もおすわりもできなかったがいまや完璧だ。人間の言葉をある程度は理解できているようだ。三雲君が「おしっこ」と言うとおしっこをする。「水」と言えば水を飲む。「車」と言えばわしの車に乗りこむ。すばらしい成長だった。

そしてなにより、顔つきがよくなった。目から荒《すさ》んだものを感じなくなった。小泉さんとは何度も「いい顔になってきたね」と言い合った。顔立ちは精悍だがやさしい目をするのだ。

その変化は三雲君の功績《こうせき》だと思う。三雲君がたっぷりと愛し、人間は信じるに足る存在だとブックに教えてあげたからだ。三雲君の愛がブックの中にあった硬い芯を融《と》かしたのだ。たくさん愛し、たくさん遊び、きちんとしつける。三雲君は最高の飼い主と言えた。

ドッグランへ行けば、三雲君によるブックの訓練が始まる。三雲君はなかなか厳しいトレーナーでもあった。

「ブック、ここで待て」

三雲君がそう言い置いて百メートルほど離れる。ブックは指示を待って微動だにしない。

「おいで！」

ぱん、と三雲君が手を打ち合わせると、ブックは矢のように飛んでいく。三雲君の目の前まで来ると急ブレーキをかけ、ぴたりとおすわりをした。

訓練は徹底していた。ブックは体がしっかりしてきて、体重はもはや三雲君と同じくらいだ。そんな大きな犬が人間やほかの犬、それから、猫や鳥に跳びついたら一大事だ。だから、ブックが自ら近づいてもいいのは、知っている人間や犬のときだけ。知らない人の場合は名前を呼ばれたときだけ近づいてもよし。そんなふうに訓練した。

「いいかい、ブック。君は大きな体をしているから、自分からずんずん近づいちゃ駄目だよ。みんなびっくりしちゃうからね」

ブックは真剣な表情で三雲君の話を聞いていたものだ。

車で出かければ広い場所で思いきり遊べるため、ブックは車に乗るのが好きになっていった。「おやつ」よりも「車」という言葉のほうに、尻尾を激しく振った。

小泉さんが自分の車にブックを乗せ、三雲君の水泳教室や学習塾のお迎えに連れていくこともあった。三雲君を車で拾ってから、たっぷり遊べる広い公園へ向かうのだ。

そうした日が暮れていない時間にブックを連れ出すときは、アパートの住人に見つからないようにブックをタオルケットにくるみ、抱っこで車に乗せた。ブックの体重二十キロは小泉さんが抱っこできるぎりぎりの重さらしく、たいそう難儀《なんぎ》してアパートの階段を下り、なんとか車に乗せていた。

小泉さん親子とブックのお出かけに、わしもしばしば同行させてもらった。三雲君が水泳教室や学習塾を終えて車に乗りこんでくるときのブックの歓迎ぶりといったらなかった。狭い車の中で身悶《みもだ》えせんばかりに喜ぶ。その様子を見て三人で笑ったものだった。

公園では訓練が半分、遊びが半分。三雲君が「ブック!」と叫んで駆け出す。ブックはぴょんと真上に華麗《かれい》なジャンプを決めてから追いかける。当然、ブックのほうが速い。だが、ブックは三雲君の足の速さに合わせてスピードを落とし、じゃれつくようにスキップをする。その様子はまるで三雲君の周りでダンスを踊っているかのようだった。

きれいな顔立ちをした三雲君と、麗《うるわ》しい犬に成長しつつあるブックが遊んでいる光景は、まるで美しい絵画のようだった。自分が絵を描けないのが残念でしかたなかった。誰か絵にして残してくれないものだろうか。そんなことをよく思った。

ブックとのないしょの生活がずっと順調だったわけではない。ある日、いつも通りブックを車に乗せて出かけようとしたら、柴田さんに見つかってしまった。

車の後部座席には三雲君も小泉さんも隠れるようにして同乗していた。柴田さんは目ざとくふたりを見つけると、格好の噂話のネタを見つけてよほどうれしかったのか、鬼の首を取ったかのように笑って言ってきた。

「え、ええー! 会長さんと小泉さんってそういう関係なんですか。不適切な関係ってやつですか。へえへえ! でも、会長さんは奥さんを亡くされてもう長いですし、小泉さんもおひとりですし、問題はないですもんね! へえ、そうですか!」

あまりのはしゃぎぶりにわしは腹が立ち、車を降りて一喝した。

「よさないか！　いいかげんにしなさい！」

老いらくの恋だのなんだのと、柴田さんにまた変な噂を流されたらたまったもんじゃない。噂話は柴犬の一件でもうこりごりだった。それにブックの件はなんとしても黙っていてもらわねばならない。ブックの素性と隠して飼っている現状を柴田さんに説明し、そのうえで釘《くぎ》を刺《さ》した。

「いいかい、柴田さん。あんたは口が軽すぎる。いつかその口の軽さは災いを呼ぶぞ。生涯きっと治らんだろうがな。しかし、ブックの件だけは他言無用じゃ。ほかならどんなことでも目をつぶるがブックの件だけは駄目だ。薄葉さんの柴犬の話のようにみんなに広めたら容赦せんからな」

柴田さんは反省したのか、半年のあいだどころか一生涯ブックにまつわるすべての話を口外しないと約束してくれた。もしそうした犬について質問されても白を切り通す覚悟だという。どこまで信用していいかはわからないが。

ブックの素性や名前の由来などが噂としてラブリ商店街に流れたら、出所はただひとつ。柴田さんがしゃべったとすぐわかってしまう。さすがに柴田さんも黙っていてくれるはずだ、と小泉さん親子に対して車内で話した覚えがある。三雲君も小泉さんも心底ほっとした表情を浮かべていた。

いまでも思い出す三雲君との会話がある。あれはまもなくブックとの生活が半年を迎えようというときだった。

三雲君とブックの仲の良さは、干《ひ》からびたわしの心でも動かされるものがあった。彼らはまったくの相思相愛。小泉さんも笑って呆れ返るほどに。

「三雲とブックは家にいるときはずっとくっついているんですよ。テレビを見てるときも、本を読んでいるときも、眠るときだって体をくっつけ合っているんです。もうね、男の子同士でいちゃいちゃしているみたいで見ていられないんですよ」

「あはは、まるで三雲君に兄弟ができたみたいですな」

「ただ、あまりにも仲が良すぎて不安になることがあるんです」

「不安？　なんの不安ですかな」

「三雲とブックが離れ離れになったらどうしようって。ブックは三雲より必ず先に旅立つ子です。それから、もし三雲が急に姿を消したらブックはすごく悲しむはずです。ブックはかわいそうなくらいに頭のいい子ですから」

「離れ離れなんて、そんな悲しい考えはまだ早すぎると思うがね。わはは」

わしはあえて大袈裟《おおげさ》に笑い、それから続けた。

「小泉さんはいつも翻訳で児童文学に触れているせいで、想像力が豊かになりすぎているのではないかのう。この際、翻訳家から小説家に転身してみるというのはどうかな。大成功は間違いなしだと思うがな」

　適当な話題でお茶を濁して会話を切り上げた。しかしながら、小泉さんの不安を理解できないでもなかった。あのひとりと一匹は仲が良すぎる。心配なのは三雲君だ。ブックが先に天国へ旅立ったとき、立ち直れるだろうか。そもそもブックが先に旅立つ存在だとわかっているのだろうか。

　その日の夕方の散歩は日がとっぷりと暮れてから出かけた。ブックを連れた三雲君といっしょに、商店街の南に広がる空き地へ向かった。誰もいない真っ暗な空き地で、ブックとボール遊びをする。そのとき、余計なお世話だとわかってはいたが、闇にまぎれてわしは尋ねてみた。

「なあ、三雲君。ブックは犬の年齢だとまだ一歳くらいだが、人間の年齢にして考えてみるともう十六歳になるそうだ。つまりな、犬のほうが三雲君よりどんどん先に歳を取ってしまうんだよ。ブックがおじいちゃんになって空の向こうの世界に旅立つのも、三雲君より先になるってことだ。それでも三雲君は大丈夫かな」

　重い質問だと思った。だが、三雲君はけろりと言った。

「大丈夫ですよ」

　わしの質問の意図が伝わっていないのかと思い、もう少し嚙み砕いて尋ねる。

「ブックが先に死んじゃっても寂しくないのかい」

「寂しいですよ。きっとすごく泣くと思います。だけど、大丈夫です」

きっぱりと言って三雲君はわしの目をじっと見上げてきた。

「どうして大丈夫なんだい」

「ぼくは待ちます。待つことができます」

「待つ？」

「ブックが生まれ変わってくるまで、ラブリ商店街で百年でも二百年でもぼくは待っていようと思います」

わしは大きく頷いた。三雲君の決心を支持していることを表明するために大きく。

生まれ変わりがあるかなんてわしにはわからない。人間が百年も二百年も生きられるはずもない。子供らしい非現実的な発想だ。

しかし、そうした道理を超えたところの大きな心持ちを三雲君がブックに対して抱いていると知って、わしが勝手にしていた心配などちっぽけだと気づいた。三雲君は三雲君で、いや、三雲君とブックの相思相愛の関係だからこそできる方法で、これから必ず訪れる悲しみも乗り越えていけるだろう。

ブックが生まれ変わってくるまで百年でも二百年でも待つ。こんな大きな愛はない。惚れ惚れするほどのひとりと一匹の関係性だった。

「もう少しでブックがやってきて半年になるな」

「そうですね。毎日楽しいから、あっという間です」

「四月になったらブックをこっそり飼うのはやめよう。アパートの人たちもやっと説得し終わったところだし」

「みなさん怒っていませんでしたか」

「大丈夫じゃよ。家賃をちょっと安くすることでみんなオーケーしてくれたからな。あ、安くしたのは三雲君のママにはないしょだぞ」

「四月になったら昼間からラブリ商店街をブックと散歩できるってことですよね」

「そういうことだ。大っぴらに散歩しよう。きっと三雲君とブックは商店街で人気者になるぞ」

「どうしてですか」

三雲君は不思議そうに首をかしげた。

「こんなかわいい三雲君とブックが商店街を歩いていたら、人気者になるに決まっているじゃないか」

「そうかなあ」

照れた三雲君はわざと顔をしわくちゃにして笑った。

「ぼくね、ブックっていい名前だなってよく思うんです」

「どうしたんだい、いまごろ」

「最初は本屋さんが元になってブックって名前にしましたよね」

「そうだったな」

「いまはブックの周りに、ぼくもお母さんも会長さんも鳥信のおじさんも集まってきてるでしょう。それって本屋さんに人が楽しそうに集まるみたいだなって思って。ブックには人が集まってくるような名前をつけてあげられてよかったなって」

なるほど、そういうことか。

「四月になったらもっともっとブックの周りに人が集まるようになるぞ。いい子だし、美しい子だし」

「提案があります！」

すぐそばにいるというのに三雲君は大きな声で言って真っ直ぐ手を挙げた。

「なんだい」

「四月の最初の散歩のとき、会長さんもいっしょに商店街を歩きませんか」

「もちろんだとも」

三雲君がすっと小指を差し出してきた。指切りげんまんだ。小指を絡ませる。三雲君の指はひんやりとしていてとても小さかった。

四月になった。しかし、ブックの存在が商店街で大っぴらになることはなかった。三雲君とブックの愛らしい姿を通りで見ることもなかった。

あのころのことを思い出そうとしても、ぼんやりとした映像しか浮かんでこない。わざと記憶しないようにしていたんじゃないかとさえ思えてくる。

春休み中の三雲君を連れて、小泉さんは実家の福島へ里帰りした。一泊二日だというのでブックはわしが預かった。夕方に一回、そして朝に一回の散歩くらいならわしひとりでもできるから、と。散歩以外の時間はアパートで留守番させておくことになった。

小泉さんと三雲君は早朝のまだ暗いうちに出かけていった。わしとブックはふたりの乗る青い車をお見送り。ブックは寂しいのか、きゅんきゅんと悲しげな声で鳴いた。

「大丈夫だよ、ブック。ぼくとお母さんは明日の夕方には帰ってくるからさ、いい子にして会長さんと待っててね」

三雲君がなだめるとブックは静かになった。聞き分けがいい。本当に頭がいいのだ。車が立ち去っていく様子を、おとなしくおすわりをして見送った。車が角を曲がって見えなくなっても、その方角を向いておすわりをし続けた。よもやあれが最後のお別れになろうとは誰も思っていなかった。

大きな事故だったという。小泉さんの車は片側一車線しかない高速道路を走っていた。後ろからやってきた大型トラックが、居眠り運転で小泉さんの車に突っこんだのだった。

葬儀《そうぎ》は小泉さんの実家で行われた。車両火災が発生したと聞いていたが、小泉さんも三雲君もきれいな顔をしていた。あの日は妻の美也子を亡くしたときより泣いた。美也子はがんだったので準備期間があった。覚悟ができていた。いや、それだけじゃない。わしは三雲君と小泉さんとそしてブックとの日々を心底愛していた。ぼんやりと終わっていくとばかり思っていた自分の人生に、かけがえのない宝物をもらったように思えていた。

福島からの帰り、夜空に袈裟《けさ》斬りにあったかのような上弦《じょうげん》の月が浮かんでいた。あのころの記憶は曖昧なのにその月ばかりはよく覚えている。

残されたブックはわしが引き取った。寒かったので玄関に入れて寝床を作ってやった。ところが、三日もすると外へ出せと不満の声を上げるようになった。

「きゅうん、きゅうん」

不満と悲しさと寂しさが入り混じった鳴き方をした。三雲君を求めているとすぐにわかった。

しばらくすれば我が家での暮らしに慣れてくれるだろう。期待をしつつ鳴き声をこらえて過ごしてみたのだが、ブックは一週間が経っても切ない声で鳴いた。さらにあの利口なブックが八つ当たりなのかストレスのせいなのか、玄関にある靴やサンダルを嚙み壊すようになった。靴を片づけると今度は下駄箱の扉だろうがドアノブだろうがなんでも齧りついた。

ほとほと困り果て、心持ちが変われればと外で飼ってみたのだが、つないでいる鎖を引きちぎっては脱走をくり返した。向かう先は必ず辻アパートの二〇一号室のドアの前だ。ドアを見上げておすわりする。その姿を見て、わしも若松さんも、そして、あの柴田さんまで涙した。

それからほどなく辻アパートでボヤ騒ぎがあった。修繕《しゅうぜん》すべきか迷ったが築三十年のよれよれのアパートだ。取り壊すことにした。

ブックのためにアパートを残してやるのはどうだ、という案が若松さんから出た。しかし、わしとしては三雲君と小泉さんはもういないのだとわからせるためにもアパートは取り壊すべきだと決行した。

ちょうどそのころ、わしは三雲君と小泉さんの死で心労がたまっていたのか、ブックとの生活で疲弊したのか、はたまたアパートの取り壊しのために奔走《ほんそう》して弱っていたのか、風邪をこじらせて寝こんでしまった。ブックの世話は若松さんにお願いした。

風邪は長引き、五日も布団から出られなかった。なんとか回復し、若松さんもさぞかしブックに手を焼いているだろうと申し訳なく思いながら迎えに行くと、予想外のこととなっていた。

ブックは鎖につながれることもなく自由に歩き回っていた。若松さんによればつなぐと暴れるので自由にしたのだとか。日中のほとんどは空き地で過ごし、ときどきは商店街をぶらつく。若松さんが言うには「三雲君と小泉さんを探して回っているんだろう」とのこと。アパートがなくなってしまったので、ふたりを求めて商店街をさまよい歩くようになってしまったようだった。

本来、こんな大きな犬を野放しにすることは許されない。犬が苦手な人もいる。しかし、風邪で臥《ふ》せっているたった五日のあいだで、ブックはすっかり商店街の住人たちに受け入れられていた。住人と揉めることもなかったそうだ。それどころか誰からもかわいがられ、ブックが行く先々で人だかりができるという。

ブックは聡明だ。さらに三雲君の訓練のおかげで人に迷惑はかけることもない。そこで若松さんが提案してきた。

「おれが目を光らせているから、しばらくのあいだブックを自由に暮らさせるってのはどうだい。おれと会長さんで管理して、あとは気ままに過ごさせるのさ。飼い主は誰も名乗りを上げないほうがいいだろう。名乗ったらつないで飼わなくちゃならねえ。けど、いまのブックをつないで飼うのは難しいからな」

「野良犬にするってことかい」

「いや、この街で飼うんだよ。飼い主のいない犬が生きていちゃいけないって道理はねえだろ」

若松さんの提案通り、ブックの素性を隠し、素知らぬふりをしつつ見守ることとなった。

いったいいつのころからか忘れたが、ブックは商店街に駐車している車に乗りたがるようになった。商店街の住人たちは不思議がったが、わしや若松さんには理由がわかった。ブックはこう考えていたはずだ。

車に乗っていけば三雲君のところへ行けるはず。会えるはず。

もう会えないことをブックにわからせるために、わしはブックを車に乗せてかつて行った公園やドッグランへ連れていった。やはり、ブックは三雲君を探して、きょろきょろしながら走り回った。

「三雲君を探しているのか」

そう尋ねるとブックはさらにスピードを上げて駆け回り、三雲君を探すのだった。

ラブリ商店街に帰ってきたブックはひどくがっかりした様子で車を降りた。それでも、何度でも車に乗りたがった。今回は会えなかったが、いつか三雲君の元へ車でたどり着けると信じているようだった。

いつしかブックは車なら無差別に乗りたがるようになった。何度も何度も試していれば、いつか三雲君のところへ連れていってくれる車に当たるかもしれない、と考えているようだった。

そうしたブックの様子があまりに不憫で、わしはその背中をやさしく撫でながら言い諭《さと》した。

「いいかい、ブック。三雲君はもういないんだよ。死んでしまったんだ。あの空の向こうに行ってしまったんだよ」

青空を指差すと、ブックはわしの話を理解したのかその空の向こうをじっと見つめた。しばらくして振り返ったブックは、わしに向かって明るくひと吠えした。

「うぉん！」

わしにはこう訴えたように聞こえた。

「三雲君が生まれ変わってくるまで、ボクはこの街で百年でも二百年でも待ってるよ」

ブックはブックで三雲君への大きな愛を持っていたんだな。わしは久しぶりに泣いた。三雲君と小泉さんの葬儀で泣きに泣き、あれで涙が枯れきったかと思っていたのに。

わしは決心した。ブックが三雲君を待ち続けるかぎり見守ってやろう、と。もちろん、わしの命の続くかぎりだが。もしも命が尽きたときは、きっと空でいっしょになれるだろう。わしも三雲君もブックも。

三雲君が生まれた日と同じような、八月の暑い日の深夜のことだ。寝つけずに布団から起き上がると午前三時だった。冷蔵庫から出した麦茶を飲み、風呂場で汗を拭き、早くも届いていた朝刊に目を通した。読み終えたのはたぶん午前四時くらいのことだ。

わしはふと気になって庭先を見に行った。ブックは寝床を定めず商店街内で転々としていたが、うちの庭先で眠ることが多かった。最近では気ままな商店街での生活にも慣れ、我が家の玄関内にも抵抗なく喜んで入るようになっていたが、それでも自由に出入りできる庭先で眠ることを好んでいた。

日の出前なので外は暗かった。目をよく凝らさないと庭先の様子が見えない。暗さに目が慣れるまでじっと見つめていると、我が家の塀《へい》の向こう側を真っ赤なスポーツカーが走っていった。商店街の路地は狭いというのにかなりのスピードだ。

はっと驚く。その車の後ろを追いかけて走る黒い影があった。影でもすぐにわかった。ブックだ。わしは気になって慌ててサンダルをつっかけて通りへ出た。

停車しているスポーツカーのライトに照らされて、ブックとひとりの女性の姿が見えた。あれは沢井さんちの西陽ではないか。わしが命名した子のひとりで、いまは自動車販売店の事務員として働いている。

こんな時間に外にいるなんて朝帰りだろうか。もしくは早朝から出かけるのだろうか。そのどちらにしても、西陽はずいぶんと長いあいだブックを抱きしめていた。しかもとてもいとおしそうに。

西陽は商店街の南側にある空き地でブックとよく遊んでやっている。あの子の父親もブックをかわいがっており、家の庭に招き入れては芸を仕込んで遊んでいる。ブックはいまやすっかり商店街にとけこんだ。わしのあずかり知らぬところで新たなつながりを次々と結びつつあるようだ。西陽があんなにもいとおしそうに抱きしめている点から言えば、あの子とブックのあいだには絆《きずな》が芽生《めば》えつつあるのかも。

わしは心の内で三雲君に語りかけた。

なあ、三雲君。ブックに人が集まりつつあるよ。君が言っていた通り、本屋に人が楽しそうに集まるみたいに。

微笑ましい光景に心がゆるんだら、大きなあくびが出た。もうひと眠りできそうだ。太陽が顔を出す前に寝床に入ろう。ブックや西陽に気づかれぬように、そっと家に向かった。

歩きながら空を見上げる。そこには夜が明ける一瞬前の美しい群青色が広がっていた。

車のエンジンがかかった。よかった。ほっとしたら深いため息が出てしまった。

いままでいろいろな車に何回も乗ってきたけれど、大好きなあの子のところにはたどり着けなかった。

でも、この車で合っていると思う。

この車ならばあの子のところに行くことができる。

ざーり、ざーり。

車に乗せてくれた西陽に感謝を伝えたくて、ボクは二度ばかり手の甲を舐めた。

さすが西陽だ。いろんな人がこの街からどこかへ行ってしまったけれど、西陽だけが戻ってきた。

西陽のおかげでボクはあの子のところへ行けるよ。

やっとあの子に会えるよ。

ただ、いまはちょっと眠いんだ。安心したら眠たくなってしまった。

商店街のみんなの楽しそうな声が聞こえてきて、西陽がやさしく撫でてくれるもんだから、なおさら眠たくなってしまうんだ。

いまはちょっとだけ眠ろうと思う。ありがとう、みんな。

「大好きだよ、おやすみ」

そして目覚めたら言ってもらうんだ。

「おはよう、大好きだよ」

大好きなあの子から。

解説——ブックが教えてくれたこと

書評家　青《あお》木《き》千《ち》恵《え》

すごい物語を読んでしまった……。

二〇一五年の単行本刊行時、本書を初めて読んだときの感想だ。

何気ない描写の連なりに、心が動かされる。登場人物は普通の人々。舞台はどこにでもあるような小さな商店街。特徴を言うなら「犬が登場する物語」だが、スケールが大きい。哲学めいたことや意見が書かれているわけではない。むしろ、日常の中のささやかなこと。でも、普遍的で、大切なこと。

いい小説だなあ。

今回、解説を書くので再読して、私はしみじみ、改めてそう思った。

本書は、「ブック」という名の犬をめぐる物語だ。

都心からは三十キロほど離れた、東京の隅《すみ》っこのほうにある「ラブリ商店街」は、個人商店と住宅が四十戸ほど集まった地区だ。パン屋、美容室、精肉店、薬局、文具店、焼き鳥屋となんでもあって賑《にぎ》わっていたが、隣のまた隣の街に大きなショッピングモールができた影響で、閑散《かんさん》としつつあった。

この商店街に、いつの間にか住み着いたオスの大型犬がいた。特定の飼い主がおらず街のみんなで世話をしている野良犬だが、賢《かしこ》くて人懐《ひとなつ》こく、商店街のマスコット的存在になっていた――。


連作短編ふうの六章と断章で構成され、第一章「青い犬」は、ラブリ商店街で生まれ育ち、十年ぶりに街に戻ってきた沢井西陽《さわいにしび》のエピソードだ。二十五歳だった十年前、西陽は日本画家を志し、父親の反対を押し切って街を飛び出した。アーティスト契約を結んだ事務所により「美しすぎる日本画家」として大々的に売り出されたものの、〝消費〟されるうちに絵を描けなくなってしまう。事務所にも恋人にも切られて、ラブリ商店街に舞い戻る。ブックがまだ生きているだろうかと思いながら……。

すると、街はすっかり変わっていた。ほとんどの店が閉店し、下ろされたシャッターにはスプレーで落書き三昧《ざんまい》。〈壊れた自転車や、ごみ箱や、割れたネオン看板が放置され、鉢植えが道端に転がり、捨てられた漫画がアスファルトの上で腐食していた〉――。

続く第二章「幻」は、母親が美容室を営む十三歳の少年・柴田薫風《しばたくんぷう》が、シェパードを連れた女性に一目惚《ひとめぼ》れをし、ブックを使って親しくなろうと画策するエピソードだ。

第三章「いとしのニキ」は、愛犬が死んでペットロスに陥った妻に気兼ねしつつも、改めて子犬の里親になり、飼い始める公務員の話。さらに第四章「大好き、大好き」は、焼き鳥店を営んでいた夫の死後、閉店した店舗で細々と暮らす元占い師が、女運のないパン屋の元店主の恋を心配する話である。さらに第五章、第六章と続いていく。

第一章は夢破れた「わたし」、第二章は人妻に片思いをする十三歳の「ぼく」、第三章は家業だった牛乳配達業を継がずに市役所に就職した「おれ」……。視点を切り替えては一人称で描かれるどの人物も、ごく当たり前にいろんな葛藤《かっとう》を抱えている。

一生懸命にやっているのに、うまくいかない。

ひそかに大切にしていたものが、突然に壊されたり、奪われたりしてしまう。

〈なんの物語も共有できなかったりする人がいるんだよ。それはどうしようもないことなの〉(「幻」)と、十三歳の薫風に向かい、年上の女性、榊《さかき》さんは力なく笑う。

どうしようもないことは「世の中のことわり」として当然あるけれど、そう簡単には受け容れられずに葛藤する人々が登場して、共感させられる。いろんな年代のいろんな男女に視点を切り替えて進むうち、どこかの時点で読者はグッと心をつかまれるのではないか。私の場合は、成功したくて無我夢中だった十年を経て、変わり果てた商店街に戻る、西陽が語り手の第一章で早々につかまれた。

いま紹介した、いろんな視点を切り替えていく手法は、さりげない巧《うま》さのひとつ。本書は、小説としてすごい物語なのである。

次に特筆すべきは、時間の扱い方だ。主人（犬？）公のブックは犬なので、人間よりも寿命が短い。大型犬の寿命は短く、三歳までは幼犬、六歳までは良犬、九歳までは老犬、そして十歳以上は「神様からの贈り物の時間」と言うそうだ。第一章「青い犬」で西陽が街を飛び出したとき、ブックは幼犬だった。だから十年後に西陽が帰郷したとき、〈生きていたら十二歳。しかし、外飼いで飼い主もいないブックが、すっかり傾いた商店街で生きている可能性は低い〉と予想して、もう生きていないだろうと寂しさに包まれた。

第二章「幻」において、ブックは五歳、第三章「いとしのニキ」では七、八歳と、エピソードごとに年齢が変わり、六章を通してラブリ商店街に流れた長い時間が描き出される。まずは第一章の中だけで十年の経過が語られながら、ブックと商店街の人々に与えられた「神様からの贈り物の時間」が流れ出し、長編になっていくところがすばらしい。

続いての魅力は、「犬の物語」である点だ。賢くて面倒見のよいブックは街の犬たちのリーダー的存在で、彼の周りには犬がたくさん集まる。

特に私は白いミックス犬のミルクの成長が愛らしくて、読みながら思わず目を細めてしまった。商店街に住み着いて成長したブックは、街の子犬たちに遊び方や犬同士の力加減を教えるようになる。その〝直弟子〟がミルクだ。チワワ、黒柴《くろしば》、ケアンテリア、ポインター、フレンチ・ブルドッグなど、いろんな犬種の犬が集い、犬たちの描写を読むだけで、犬好きにはたまらない楽しい物語になっている。そして長い時間を通し、ブックをめぐる謎が浮かび上がる。

そもそもどうしてブックと呼ばれ、なぜ商店街に住み着いたのだろう——？

出会いや新しいことに夢中で仕方がなかった、夢見る頃を過ぎると、昔あったものがなくなっていることに気づく。

日進月歩と言われていた時代が、秒進日歩と言われるようになり、街を歩くと再開発に次ぐ再開発だ。街の変貌《へんぼう》は凄《すさ》まじい。

いつの頃から、私は定点観測的に、時間ができるとあちこちを歩いている。

数年前、ふと思い立って昔住んでいた街を訪ね、衝撃を受けたことがある。

母がいつもお誕生日に注文してくれていたケーキ屋さんがない。家族で三ヵ月だけ住んだ借家が、丸ごとなくなっている。大規模な団地は建物こそ残っていたが、みんなが便利に利用していた理髪店も料理店もない。漫画の面白さに目覚めさせてもらった駅前の書店はなく、文房具店もない。シネコンに押されて映画館が閉館したから、ロードショーの看板はもちろんない。唯一、アイスクリームを買った雑貨店だけが残っていた。

思わず、写真を撮った。

著者の関口尚《せきぐちひさし》さんは二〇〇二年、『プリズムの夏』で第十五回小説すばる新人賞を受賞して作家デビューした。デビュー当時、私は新聞社で文芸担当をしていて、関口さんが若手の受賞者として贈賞式に登壇していた姿をよく覚えている。

デビュー作『プリズムの夏』は、地方都市に住む高校生のひと夏を描いたストーリーだ。主人公で高三の「ぼく」は、映画館で働く年上の女性に恋をする。ところが彼女には秘密があって……。胸がひりひりする、切ない青春小説だった。

それから十五年が経ち、関口さんはぶれずに書き続けている。周囲にある光景や空気感、揺れ動く気持ちや人間関係、静かに変わるもの、崩れていくもの、堅固に普遍的なものを、独特の感受性で物語にする。あらゆるものが壊れ、なくなってゆく世のことわりに抗《あらが》い、永遠があると約束してくれる一瞬や、大切なことを言葉で紡《つむ》ぎ、現世に留める。

たとえばこの一節は一編の抒情詩《じょじょうし》のようで、一瞬を切り取った見事な描写だと思う。

〈ぼくらの頭上はケヤキやコナラ、クヌギなどの背の高い木々の葉っぱで覆われ、かすかに覗《のぞ》く青空に飛行機雲が横切っていた。今年は空梅雨《からつゆ》だそうで、早くも夏のような暑さとなる一日もあるけれど、雑木林の中は日陰だからしっとりと涼しく、緑のにおいが満ちて気持ちがよかった〉（「幻」）

ほかにも、美しい描写がたくさんある。

本書は、関口さんがぶれのない視座で見つめて描きあげた、不思議な犬の物語だ。

最後に、「ブック」という名について。

人が犬と暮らすようになったのは、一万年以上前からという。

私は犬猫を飼ったことがないが、動物を家族にするのと、好きな本を手許に置くのとは似ていて、〝最高の友人〟なのかなと思った。商店街の人々は、それぞれに心のうちをブックに打ち明ける。

本書は商店街の名前の通り、気軽にぶらりと訪ねられる、かわいい印象の物語だ。街に戻ってきた頃の西陽のように〈舟がまったく進まず、周囲は見渡すかぎりの水平線で、ただただ途方に暮れてい〉るようなときには、いや、順風満帆《じゆんぷうまんぱん》のときでも、この物語を読んでみるといいかもしれない。この小説のイメージカラーは「群青《ぐんじよう》の十三番」。夜が明ける一瞬前の空の青、である。

泣ける、って、あんまり言いたくないんだけれど、犬好きでなくても、心をふるわされる、感涙の物語だ。

（この作品『ブックのいた街』は平成二十七年四月、
小社より四六版で刊行されたものです）

一〇〇字書評

切・り・取・り・線

購買動機（新聞、雑誌名を記入するか、あるいは○をつけてください）

□（　　　　　　　　　　　　　）の広告を見て	
□（　　　　　　　　　　　　　）の書評を見て	
□ 知人のすすめで	□ タイトルに惹かれて
□ カバーが良かったから	□ 内容が面白そうだから
□ 好きな作家だから	□ 好きな分野の本だから

・最近、最も感銘を受けた作品名をお書き下さい

・あなたのお好きな作家名をお書き下さい

・その他、ご要望がありましたらお書き下さい

住所	〒				
氏名		職業		年齢	
Eメール	※携帯には配信できません	新刊情報等のメール配信を 希望する・しない			

この本の感想を、編集部までお寄せいただけたらありがたく存じます。今後の企画の参考にさせていただきます。Eメールでも結構です。

いただいた「一〇〇字書評」は、新聞・雑誌等に紹介させていただくことがあります。その場合はお礼として特製図書カードを差し上げます。

前ページの原稿用紙に書評をお書きの上、切り取り、左記までお送り下さい。宛先の住所は不要です。

なお、ご記入いただいたお名前、ご住所等は、書評紹介の事前了解、謝礼のお届けのためだけに利用し、そのほかの目的のために利用することはありません。

〒一〇一-八七〇一
祥伝社文庫編集長　坂口芳和
電話　〇三（三二六五）二〇八〇

祥伝社ホームページの「ブックレビュー」からも、書き込めます。
http://www.shodensha.co.jp/bookreview/

祥伝社文庫

ブックのいた街《まち》

平成30年2月20日　初版第1刷発行

著　者　関口尚《せきぐちひさし》

発行者　辻　浩明

発行所　祥伝社《しょうでんしゃ》

東京都千代田区神田神保町3-3

〒101-8701

電話　03（3265）2081（販売部）

電話　03（3265）2080（編集部）

電話　03（3265）3622（業務部）

http://www.shodensha.co.jp/

印刷所　萩原印刷

製本所　ナショナル製本

カバーフォーマットデザイン　芥陽子

本書の無断複写は著作権法上での例外を除き禁じられています。また、代行業者など購入者以外の第三者による電子データ化及び電子書籍化は、たとえ個人や家庭内での利用でも著作権法違反です。

造本には十分注意しておりますが、万一、落丁・乱丁などの不良品がありましたら、「業務部」あてにお送り下さい。送料小社負担にてお取り替えいたします。ただし、古書店で購入されたものについてはお取り替え出来ません。

Printed in Japan ©2018, Hisashi Sekiguchi ISBN978-4-396-34391-0 C0193

祥伝社文庫の好評既刊

朝倉かすみ　玩具《おもちゃ》の言い分

こんな女になるはずじゃなかった⁉ ややこしくて臆病なアラフォーたちの姿を赤裸々に描いた傑作短編集。

あさのあつこ　かわうそ　お江戸恋語り。

〈川獺《かわうそ》〉と名乗る男に出逢い恋に落ちたお八重《やえ》。その瞬間《とき》から人生が一変。謎が、死が、災厄が忍び寄ってきた……。

飛鳥井千砂　君は素《そ》知《し》らぬ顔で

気分屋の彼に言い返せない由紀江《ゆきえ》。彼の態度は徐々にエスカレートし……。心のささくれを描く傑作六編。

安達千夏　モルヒネ

在宅医療医師・真紀《まき》の前に七年ぶりに現われた元恋人のピアニスト・克秀《かつひで》の余命は三ヵ月。感動の恋愛長編。

安達千夏　ちりかんすずらん

「血は繋がっていなくても、この家で女三人で暮らしていこう」――祖母、母、私の新しい家族のかたちを描く。

五十嵐貴久　For You

叔母が遺《のこ》した日記帳から浮かび上がる三〇年前の真実――彼女が生涯を懸《か》けた恋とは？

祥伝社文庫の好評既刊

五十嵐貴久　**編集ガール！**

出版社の経理部で働く久美子《くみこ》。突然編集長に任命され大パニック！　問題ばかりの新雑誌は無事創刊できるのか!?

市川拓司　**ぼくらは夜にしか会わなかった**

初めての、生涯一度の恋ならば、みっともなくたっていい。〝忘れられない人がいる〟あなたに贈る愛の物語。

井上荒野　**もう二度と食べたくないあまいもの**

男女の間にふと訪れる、さまざまな「終わり」――人を愛することの切なさとその愛情の儚《はかな》さを描く傑作十編。

垣谷美雨　**子育てはもう卒業します**

就職、結婚、出産、嫁姑問題、子供の進路……ずっと誰かのために生きてきた女性たちの新たな出発を描く物語。

桂　望実　**恋愛検定**

片思い中の紗代《さよ》の前に、突然神様が降臨。「恋愛検定」を受検することに……。ドラマ化された話題作。

加藤千恵　**映画じゃない日々**

一編の映画を通して、戸惑《とまど》い、嫉妬、希望……不器用に揺れ動く、それぞれの感情を綴《つづ》った八つの切ない物語。

祥伝社文庫の好評既刊

加藤千恵　**いつか終わる曲**

うまくいかない恋、孤独な夜、離れてしまった友達……。〝あの頃〟が痛いほどに蘇る、名曲と共に紡ぐ作品集。

小手鞠るい　**ロング・ウェイ**

人生は涙と笑い、光と陰に彩られた長い道のり。時と共に移ろいゆく愛の形を描いた切ない恋愛小説。

近藤史恵　**カナリヤは眠れない**

整体師が感じた新妻の底知れぬ暗い影の正体とは？　蔓延する現代病理をミステリアスに描く傑作、誕生！

近藤史恵　**Shelter**〈シェルター〉

心のシェルターを求めて出逢った恵といずみ。愛し合い傷つけ合う若者の心に染みいる異色のミステリー。

坂井希久子　**泣いたらアカンで通天閣**

大阪、新世界の「ラーメン味《み》よし」。放蕩《ほうとう》親父ゲンコとしっかり者の一人娘センコ。下町の涙と笑いの家族小説。

柴田よしき　**竜の涙**　ばんざい屋の夜

恋や仕事で傷ついたり、独りぼっちになったり。そんな女性たちの心にそっと染みる「ばんざい屋」の料理帖。

祥伝社文庫の好評既刊

小路幸也
さくらの丘で
今年もあの桜は美しく咲いていますか——遺言により孫娘に引き継がれた西洋館。亡き祖母が託した思いとは？

小路幸也
娘の結婚
娘の結婚相手の母親と、亡き妻との間には確執があった？　娘の幸せをめぐる、男親の静かな葛藤と奮闘の物語。

瀬尾まいこ
見えない誰かと
人見知りが激しかった筆者。その性格が、どんな出会いによってどう変わったか。よろこびを綴った初エッセイ！

平　安寿子
こっちへお入り
三十三歳、ちょっと荒んだ独身ＯＬ江《え》利《り》は素人落語にハマってしまう。遅れてやってきた青春の落語成長物語。

田口ランディ
坐禅《ざぜん》ガール
作家よう子は薄幸の美女りん子とともに坐禅をすることに。足の痺《しび》れの先に、光は見える？　尽《つ》きせぬ煩悩《ぼんのう》に効く物語。

谷村志穂
千年鈴虫
母と通うカルチャーセンターに、その男はいた。『源氏物語』の〝艶〟と〝妖〟の世界が現代に蘇る——。

祥伝社文庫の好評既刊

中田永一
百瀬、こっちを向いて。
「こんなに苦しい気持ちは、知らなければよかった……！」恋愛の持つ切なさすべてが込められた小説集。

中田永一
吉祥寺の朝日奈くん
彼女の名前は、上から読んでも下から読んでも、山田真野《ヤマダマヤ》……。愛の永続性を祈る心情の瑞々しさが胸を打つ感動作。

野中 柊
公園通りのクロエ
人生、なにが起こるかわからない！偶然と必然の間の架け橋のような虹を描く、せつなくて優しい恋愛小説。

畑野智美
感情8号線
目の前の生活に自信が持てない六人の女性。環状8号線沿いに暮らす彼女たちのリアルで切ない物語。

林 真理子
男と女のキビ団子《だんご》
中年男と過去に不倫中、秘密の時間を過ごしたホテル。そのフロントマンに、披露宴の打ち合わせで再会し……。

早見和真
ポンチョに夜明けの風はらませて
「変われよ、俺！」全力で今を突っ走る男子高校生たちの笑えるのに泣けてくる熱い青春覚醒ロードノベル。

祥伝社文庫の好評既刊

原 宏一

佳代《かよ》のキッチン

もつれた謎と、人々の心を解くヒントは料理にアリ？「移動調理屋」で両親を捜す佳代の美味しいロードノベル。

原田マハ

でーれーガールズ

漫画好きで内気な鮎子《あゆこ》、美人で勝気な武美《たけみ》。三〇年ぶりに再会した二人の、でーれー（ものすごく）熱い友情物語。

はらだみずき

たとえば、すぐりとおれの恋

保育士のすぐりと新米営業マン草介《そうすけ》。すれ違いながらも成長する恋の行方を二人の視点から追った瑞々しい物語。

三浦しをん

木暮荘《こぐれそう》物語

小田急線・世田谷代田《せたがやだいた》駅から徒歩五分、築ウン十年。ぼろアパートを舞台に贈る、愛とつながりの物語。

柚木麻子

早稲女《ワセジョ》、女、男

自意識過剰で面倒臭い早稲女の香夏子《かなこ》と、彼女を取り巻く女子五人。東京で生きる女子の等身大の青春小説。

西 加奈子ほか

運命の人はどこですか？

この人が私の王子様？ 飛鳥井千砂《あすかいちさ》・彩瀬《あやせ》まる・瀬尾《せお》まいこ・西加奈子《にしかなこ》・南綾子《みなみあやこ》・柚木麻子《ゆずきあさこ》

〈祥伝社文庫　今月の新刊〉

機本伸司
未来恐慌
株価が暴落、食糧の略奪が横行……。これが明日の日本なのか？　警鐘を鳴らす経済ＳＦ。

南　英男
特務捜査
捜査一課の敏腕・村瀬翔平。一課長直々の指令で迷宮入りを防ぐ「特務捜査」に就く！

関口　尚
ブックのいた街
商店街犬「ブック」が誰にも飼われない理由とは？　一途な愛が溢れる心温まる物語。

辻堂　魁
暁天《ぎょうてん》の志　風の市兵衛　弐《に》
算盤侍・唐木市兵衛、風に吹かれて悪を斬る。大人気シリーズ、新たなる旅立ちの第一弾！

有馬美季子
縁結び蕎麦《そば》　縄のれん福寿
大切な思い出はいつも、美味しい料理と繋がっている。心づくしが胸を打つ絶品料理帖。

長谷川卓
風刃《ふうじん》の舞　北町奉行所捕物控
一本の矢が、律儀な魚売りの命を奪った。犯人を追う八丁堀同心の迸る心意気。熱血捕物帖。

喜安幸夫
闇奉行　化狐《ばけぎつね》に告ぐ
重い年貢や雁字搦めの厳しい規則に苦しむ農民を救え。「影走り」が立ち上がる。

今村翔吾
鬼煙管《おにきせる》　羽州ぼろ鳶《とび》組
誇るべし、父の覚悟。未曾有の大混乱に陥った京都で火付犯に立ち向かう男たちの熱き姿。